LES CONFLUENTS

ANNE-LISE AVRIL

LES CONFLUENTS

roman

Julliard

ISBN : 978-2-260-05478-8
Éditions Julliard – 92, avenue de France 75013 Paris

Un confluent est un point de rencontre, de communication,
de réunion, entre deux consciences qui se trouvent,
qui se nouent, qui apprennent à s'aimer, et qui,
au contact de l'altérité, se renouvellent, se modifient,
se fortifient, tout comme le cours d'eau né de la confluence
de deux autres prend parfois un nom nouveau.

2040

Et tout finira. Parce qu'un départ, toujours, marque quelque chose d'un début et d'une fin. Un début, pour celle qui s'éloigne vers l'horizon nouveau. Une fin, pour celui qui demeure dans un paysage vide.

Quand Jaya quitta l'île de sa naissance, elle emporta avec elle une part de lumière qui ne revint jamais. Son frère fit avec elle le début du voyage, celui qui la mena de la forêt à l'embarcadère. Ils marchaient vers l'océan, pieds nus dans le sable et dans l'aube, sous les nuages flamboyants. Fines silhouettes silencieuses, aux ombres géantes allongées sur la plage, confondues avec le sable. Le vent passait sur eux et les faisait frissonner.

Ce désir de départ, elle l'avait dans ses gènes depuis toujours. Elle l'avait hérité de ses parents. Pourtant, le déchirement des adieux lui rompait le cœur pour la première fois. Quand l'embarcadère fut en vue, elle ralentit le pas. Elle voyait autrefois des tortues nager autour de ses pilotis en bois. Elle les aimait davantage que tous les autres animaux de l'île, parce qu'elles avaient connu d'autres plages, d'autres rivages, bien loin d'ici. Plus jamais, maintenant. Les tortues avaient disparu, avaient quitté le littoral depuis longtemps. Les vagues étaient venues grignoter la terre qui bientôt ne serait plus que mer. À l'orée de la jungle, certaines maisons en bois du village avaient déjà été envahies par les flots. L'île s'enfonçait lentement dans l'univers aquatique.

C'était l'année 2040, à présent, et l'humanité subsistait au cœur de la fournaise qu'était devenu le monde. Ouragans et tornades, de part et d'autre de l'Atlantique, laissant derrière eux des terres de gravats et de désolation. Disparitions des îles, soudaines ou progressives, vestiges des temps anciens où leur isolement était paradis. Forêts de cendres, champs de feu, brasiers béants et éternels. Épidémies par-delà les frontières, sans endiguement et sans remède, au cœur de villes en sommeil qui ne savaient plus comment revenir à la vie. Fonte des glaces, irrémédiable, sous l'étendard vain des prétendants au pétrole. Riyad, Lahore, Pékin, aux atmosphères chargées de pollution, villes au bord de la déflagration. Calcutta, Abidjan, Miami, sous la ligne de marée haute, villes dévorées par les océans amers. Kinshasa, Karachi, Hanoï, au cœur du monde brûlant, villes désertées au climat aride. Sur les routes du monde, des réfugiés s'étaient mis en marche dans la quête d'un impossible asile. Au cœur des savanes africaines, la dernière girafe s'était éteinte sur un lit de poussière. Voilà ce qu'était le monde. En proie à la violence du sentiment de deuil. Cendres de ces univers aimés et connus, désormais disparus. L'ère de l'exil sonnait le glas d'une humanité perdue.

Aux confins de l'Indonésie, Jaya se hissa à bord d'un bateau. Amarré au ponton, il se balançait doucement au rythme des vagues. Il serait bientôt en mer, livré aux confluents des courants marins, abîmé dans l'infini et le lointain. Aux confluents de sa vie. Entre la peur et l'espoir, la foi et l'abandon de toute certitude. Assise à la poupe, elle regarda l'île, longtemps, une dernière fois. Le front de la jungle et les massifs rocheux au-delà. Le visage de son frère, qui n'aurait bientôt plus d'autre réalité que celle de sa mémoire. Elle l'emporterait, au plus profond d'elle-même, partout où elle irait.

Elle se préparait à passer d'un monde à l'autre. Ou bien peut-être à entrer dans le monde, pour la première fois.

Première partie

LE DÉSERT

2009

Liouba s'était longtemps tenue à l'écart du désert. Elle y voyait une frontière définitive, infranchissable, qu'elle désirait et redoutait à la fois. Elle n'en connaissait que la couleur des montagnes, rouges ou grises et parfois presque bleues, le soir, à la tombée de la nuit. Elle savait que des vallées de sable s'étendaient derrière ces masses de grès et de granit, et que des kilomètres de pistes les traversaient. Elle savait que certaines de ces routes n'étaient pas achevées, comme si l'homme avait abandonné face au désert. Que ces routes infinies n'étaient que les traces de ceux, si rares, qui y composaient leurs vies depuis des millénaires. Mais rien de ce qu'elle pressentait du désert n'éteignait ni sa peur ni sa soif d'aller voir par elle-même ce qu'elle y trouverait. L'inconnu s'était fait une place dans sa vie, et elle ignorait encore comment s'y confronter. Elle se levait chaque matin face aux montagnes, qui s'étendaient comme un défi derrière la fenêtre de sa chambre d'hôtel. À le voir ainsi de l'extérieur, comme un paysage, le désert s'était assimilé pour elle aux lignes de l'horizon qui le limitaient, partout présentes, fugaces, inatteignables. Le désert l'attendait. Elle avait rendez-vous avec lui, et pourtant, à mesure que les jours défilaient, composaient cette attente, elle le redoutait davantage.

Elle avait loué une chambre d'auberge dans le centre d'Aqaba. Le mois d'avril annonçait déjà la fin de la saison de floraison. Tempête de fleurs dans les rues du printemps. Les arbres se défaisaient de leurs atours de couleurs, laissant place à la vibrance végétale, épaisse et capiteuse, de leurs branches alourdies par les feuilles neuves. Les bruits de la ville emplissaient sa chambre à travers la fenêtre. Elle entendait le moteur des taxis, les rires des passants sur le trottoir, parfois l'aboiement d'un chien, ou seulement la rumeur d'une foule en perpétuel mouvement. Des odeurs venues de la rue se superposaient les unes aux autres, des relents de poisson et d'épices, des effluves de pain frais et de marrons chauds, des parfums de laurier et de jasmin.

Liouba s'était tenue en observation des jours durant, seule dans un lieu dont elle apprenait à connaître les mouvements, les pulsations, les habitudes et les silences. Aydin n'appelait pas. Elle regardait son téléphone pendant des minutes entières, et il redevenait à ses yeux ce qu'il était, un objet dénué de sa fonction, un écran inerte posé sur son lit ou sur une table, un bibelot moderne qui ne la connectait plus au monde, mais à sa propre solitude.

À l'inertie de l'attente, elle préférait ses errances urbaines. Les boulevards ombragés par le front des palmiers qui opposaient leur verticalité à l'étendue plate de la mer Rouge. Les voiles colorés des femmes, soulevés par le vent marin. Les effluves de pomme sur les étals des marchés et de narguilé aux terrasses des cafés. Un peu plus au nord, il était possible d'apercevoir la ville dans son entier, ses bâtisses blanches nichées entre l'immensité des montagnes rouges et celle de la mer ourlée d'écume, les formes élancées des minarets, et, de l'autre côté du golfe, les contours d'Eilat, sa voisine israélienne, à quelques kilomètres à peine, et pourtant aussi distante d'Aqaba que peut l'être un monde radicalement différent.

Son voyage avait commencé bien avant son départ. Il était né d'une projection de son esprit, d'un instinct soudain, de l'idée du lieu qu'elle aspirait à rejoindre et de l'envie de quitter celui qu'elle habitait. Il était né du rêve d'une fuite à mener sans méthode, sans préméditation. En quittant Paris, quelques semaines plus tôt, elle n'avait rien laissé derrière elle. Elle n'avait emporté que ce qu'elle possédait de plus cher et de plus utile, à l'intérieur d'une valise. Elle était partie sans garantie de trouver, à son retour, une rédaction qui publierait le reportage qu'elle allait chercher aux confins de la Jordanie. C'était son premier départ. Elle ne savait pas exactement comment faire. Elle apprenait. Savoir trouver une histoire. Savoir la raconter. Savoir ensuite la vendre à ceux qui seraient susceptibles de la lire. Tel était le métier qu'elle s'était choisi et dont elle expérimentait la réalité pour la première fois. Elle pressentait qu'il y avait quelque chose à dire, ici, sans savoir encore précisément quoi, et elle savait que pour pouvoir le dire, il lui faudrait quitter Aqaba, aller à la rencontre du désert qui l'aimantait et comprendre ce que c'était que de vivre avec lui.

Dalir Khair, le veilleur de son auberge, était un vieil homme à la peau sombre et au visage maculé de taches solaires. Elle essayait souvent d'imaginer ce qu'avait été sa vie avant d'arriver là, avant de tenir cette auberge aux murs blancs, logée dans une ruelle sableuse du centre-ville. Il ne demeurait jamais dans la quiétude oisive du soleil de printemps. Il ramassait les fleurs tombées des bougainvillées et les disposait dans des assiettes creuses remplies d'eau. Il cueillait des olives, juché sur un tabouret qu'il déplaçait d'arbre en arbre, tout le long de la rue. Il se rendait au souk dont il ramenait des cargaisons de fruits frais dans une petite brouette. Il balayait le sable dans le hall, qui gardait la fraîcheur des murs épais et du sol en carrelage. Ce n'était que le soir, à la tombée de la nuit, qu'il s'arrêtait enfin, lorsque l'appel à la prière venait recouvrir le tumulte des rues, faisait vibrer l'atmosphère et s'enrubannait autour de tout ce qui composait la ville. Il s'asseyait alors sur le perron jusqu'à ce que la mélopée s'éteigne dans l'épaisseur du crépuscule. Liouba se joignait parfois à lui dans sa solitude. Il fermait les yeux et dodelinait de la tête, aux notes du joueur de oud qui se faisait l'écho du muezzin. La lumière allumée du hall derrière eux avait l'éclat tamisé d'un refuge pour voyageurs, d'un abri contre la distance. Elle était, depuis son arrivée, la seule locataire de l'auberge. Il lui offrait du thé et des biscuits au miel, les paupières plissées, comme pour mieux la distinguer. C'est dans l'un de ces moments-là qu'il lui avait parlé d'un jeune fermier bédouin, qui venait vendre, une fois par mois, à Aqaba, les œufs de ses volailles et la chair de ses chèvres. Il lui avait proposé, à elle qui cherchait une histoire, à elle qui cherchait à aller dans le désert et à y raconter quelque chose, de les mettre en contact. Elle avait accepté. Le veilleur avait relevé son numéro de téléphone et lui avait dit qu'Aydin Jaradat l'appellerait la prochaine fois qu'il serait de passage en ville.

Liouba était née à Moscou, et Moscou était restée figée en elle comme une carte postale, comme la ville qu'elle avait connue dans son enfance. L'image statique et édulcorée d'un univers qu'elle avait habité jusqu'à ses sept ans. Son père, Henri Darcet, y avait rencontré sa mère, Elena Azarova, qui avait quitté la Sibérie pour y mener des études de journalisme. Liouba se souvenait surtout de ces promenades avec ses parents dans les vergers du sud de la ville, à Kolomenskoïe, dans le ravin du Golosov. Ils partaient pour la journée, s'enfonçant dans les sous-bois humides et marécageux, s'avançant dans le brouillard. Au détour d'un chemin ou d'une nappe de brume, ils croisaient parfois une église orthodoxe ou un palais en bois. Sa mère disait que l'eau du ruisseau qui coulait sous leurs pieds ne gelait jamais, même au cœur de l'hiver, et que le sol des vergers était chargé d'électromagnétisme. Elle lui racontait qu'au dix-septième siècle, un groupe de cavaliers tatars avait été capturé là par l'armée du tsar, au cœur d'une tempête de neige. Les guerriers errants avaient alors affirmé qu'ils venaient d'une époque lointaine, et qu'ils avaient effectué, lors de la tempête, un saut temporel de plus de cinquante ans vers le futur. Liouba n'avait pas oublié cette légende. Elle était pour elle la preuve qu'il existait certains endroits sur Terre où il était possible de disparaître, de glisser dans les failles du temps et de l'espace. Bateaux et avions au large des Bermudes. Guerriers tatars au cœur de la Russie centrale. Fosses ouvertes vers d'autres mondes. Il était possible de s'évaporer sans laisser de traces.

Elle était étudiante à Paris quand ses parents avaient choisi de retourner s'installer à Moscou. La ville leur manquait. Moscou et ses ciels nébuleux, la neige qui tombe dès le mois d'octobre, donnant au jour les couleurs de la nuit, et à la nuit la douceur du coton. Ils y avaient tous les deux des opportunités professionnelles. Elena, rédactrice en chef de l'édition russe d'un magazine français, auteure d'éditoriaux militants contre le régime de Vladimir Poutine. Henri, docteur en botanique spécialisé dans la flore boréale, opposant aux projets d'exploitation pétrolière qui menaçaient l'intégrité des forêts de Yakoutie. Ils remontaient le grand pont de pierre situé au-delà de la place Rouge quand l'assassin les avait pris pour cible. Quatre coups de feu silencieux dans le crépuscule, au moment précis où la lumière touchait l'obscurité. La fine zone de contact entre le jour et la nuit. La fine zone de contact entre la vie et la mort. Elle ne connaissait pas les détails. Elle était alors à Paris, seule dans son appartement d'étudiante, les pieds sur les tuyaux du radiateur. Il y avait eu cet appel téléphonique. Il y avait eu la nouvelle de leur mort. Et puis il y avait eu l'avion jusqu'à Moscou pour les obsèques de son père et de sa mère.

Cet hiver-là, dans la ville de sa naissance, elle avait dû apprendre à marcher différemment, non seulement pour garder l'équilibre malgré la neige et la glace sur les trottoirs, mais pour parvenir à se mouvoir en dépit de la douleur qui écartelait ses articulations. Comme si chaque mouvement qu'elle accomplissait dans un monde sans ses parents conduisait inéluctablement à la ruine du corps qu'ils avaient créé. Et dans cette lutte contre le démembrement, contre le déchirement, elle avait découvert ce qu'était la solitude, la seule solitude dont on ne revient jamais, et qui, lui semblait-il, la tiendrait en exil jusqu'à la fin de sa vie.

Le jour où Aydin Jaradat téléphona, elle était installée à la terrasse d'un restaurant de rue. Les mains serrées autour d'un thé brûlant, elle en respirait la vapeur, y puisait une forme de délicieuse langueur et de douce amertume, un envoûtement, un réconfort lumineux. Elle observait le passage des charrettes chargées de marchandises qui remontaient vers le marché couvert. Étoffes écarlates et tapis orientaux. Mangues et grenades survolées par un essaim de moucherons. Son téléphone était posé sur la table, entre la soucoupe de sa tasse et la petite cuillère, quand l'écran s'illumina. Elle le porta à son oreille, le cœur accéléré soudain par la manifestation de ce signe tant attendu. Dans l'espace insaisissable ouvert par la communication téléphonique, elle entendit la voix du Bédouin qui grésillait, comme recouverte de sable. Une liaison ténue s'était établie entre Aqaba et le désert. Elle fut saisie d'un léger vertige à l'instant où son corps semblait subir réellement le passage entre ces deux lieux. Aydin lui parlait en anglais. Il serait à Aqaba dès le lendemain matin, disait-il. Il la conduirait jusqu'à son village, dans le désert. Lorsqu'il raccrocha, tout avait changé autour d'elle. Elle avait l'impression d'avoir basculé dans une autre dimension, étroitement liée à la réalité et pourtant légèrement dissemblable, comme l'image renvoyée par un miroir déformant. À la fenêtre d'un immeuble, de l'autre côté de la rue, elle vit une femme sans voile qui étendait du linge. Sur le trottoir, au milieu de la foule, un enfant tirait un chariot rempli d'oranges. Il lui adressa un sourire et une grimace. Le voyage recommençait.

Elle avait choisi la Jordanie parce qu'elle était prise par l'appel du désert, de ces paysages immenses et vides qui la laveraient de son deuil. Rien ne la retenait plus à Paris. C'était son rêve, à présent, de partir, de s'absorber dans le monde, de s'en faire témoin, de disparaître derrière ses mots, de devenir ce puits à travers lequel passerait la lumière. La douleur de la perte, le souvenir de Moscou, c'était ce qu'elle voulait fuir. En perdant ses parents, elle avait perdu le lien avec les patries de ses origines, avec ce qui la rattachait aux générations du passé. Elle n'était plus ni de Russie ni de France. Elle était seule, en exil. Irréductible. Libre.

Le lendemain, Dalir Khair lui serra les mains et la pressa de revenir loger dans son auberge à son retour du désert. Dans la lumière du milieu d'après-midi, les rues d'Aqaba étaient plongées dans cette couleur de sable, qui semblait tomber du ciel comme une bruine légère, se déposait sur les pavés des rues et les façades des bâtisses, donnait à la ville une profondeur dans les nuances et une douceur dans les matières. Comme une protection transparente et impalpable préservant la ville dans ses métamorphoses immobiles, elle qui avait tant de fois changé de nom et de forme sans jamais changer d'essence. Aydin lui avait donné rendez-vous dans un café situé sur le front de mer, à proximité du souk. Partout, les avenues étaient bordées d'oliviers et jonchées de gravats d'immeubles détruits ou inachevés. Aqaba était un labyrinthe en perpétuelle mutation que nulle carte ne pouvait figer. En rejoignant le bord de plage, elle vit deux hommes qui étaient assis, les pieds dans l'eau, autour d'une table en bois, posée là comme au hasard. Ils allumaient de nouvelles cigarettes aux mégots des précédentes, hagards, les yeux mi-clos, le visage abandonné aux embruns. Elle trouva l'adresse dont lui avait parlé Aydin et s'y installa. Le vent de l'après-midi, porté par la mer, était déjà empreint de la clarté glaciale de la nuit à venir. En regardant autour d'elle, elle s'aperçut que le Bédouin l'avait précédée. Il fumait une cigarette, adossé à un muret de pierre. Il devait avoir à peu près son âge, les traits encore fins d'une enfance qui s'attarde, l'air toutefois sérieux déjà, la mâchoire raide et tendue. Il portait, autour de sa tête, un keffieh rouge et blanc. Son regard s'illumina lorsqu'il croisa les yeux de Liouba. C'était l'un de ces sourires inoubliables, qui portait, avec lui, toute la chaleur du désert.

— Liouba Darcet ? dit-il en s'approchant et en prenant une chaise à côté d'elle.

Ils firent connaissance. Il parlait couramment l'anglais, qu'il avait appris en servant de guide à une équipe d'archéologues britanniques autour du Qasr al-Bint, à Pétra. Il avait grandi avec sa famille dans le désert du Wadi Rum, selon la tradition bédouine, ne demeurant jamais plus de quelques mois au pied de la même montagne, finissant toujours par lever le camp, par repartir à travers l'immensité de roche et de sable, avec de vastes troupeaux, à la recherche d'un nouvel endroit où vivre.

— Tout a changé, maintenant, dit-il. Le gouvernement impose aux familles bédouines de demeurer au même endroit. De fonder des villages. De construire des maisons plutôt que de tisser des tentes en poil de chèvre. Ils creusent des puits pour nous et bâtissent des écoles, mais en perdant la vie nomade, nous avons perdu quelque chose qui était notre liberté. Nous avons dû apprendre à devenir ceux qui restent, et non plus ceux qui s'en vont.

Il avait commandé un thé qu'il buvait à petites gorgées.

— Mais nous appartiendrons toujours au désert, reprit-il. Nous y sommes nés, nous nous y sommes adaptés. Et aucune mesure gouvernementale ne pourra nous enlever cette appartenance. Nous sommes le désert.

Il alluma une cigarette et tourna son regard vers la mer. Le grondement des vagues était omniprésent. L'air marin déposait, sur toutes les surfaces, sur tous les objets, une fine pellicule de sel.

— Que cherches-tu exactement, dans le Wadi Rum ? demanda-t-il à Liouba.

— Une histoire. J'aimerais raconter comment les hommes vivent avec leur écosystème, s'y adaptent et sont marqués par lui.

— Tu es journaliste environnementale ?

— Je voyage, dit-elle. J'écris. J'apprends à exercer mon métier.

— Il y a, près de mon village, à At-Tuweisa, un homme qui a commencé à planter des arbres. Il le fait parce que les troupeaux diminuent à force de manquer de nouveaux espaces de pâturage. Il le fait parce que les sécheresses sont de plus en plus fortes. Même pour un climat désertique, ce n'est pas normal. Et si nous devons rester au même endroit, il faut en faire un lieu où pourront vivre les générations futures.

— Comment s'appelle cet homme ?

— Babak Majali. Les jeunes Bédouins des villages alentour sont de plus en plus nombreux à venir travailler sur son chantier de plantation. J'y passe de temps en temps, quand le travail manque à la ferme.

— Ma mère était journaliste, et mon père botaniste, confia Liouba. Alors une forêt dans le désert, c'est peut-être exactement le sujet qu'il me faut.

— Je t'emmène, renchérit Aydin avec un sourire. Tu vas venir planter des arbres avec nous. Tu vas écrire notre histoire. Tu as raison : c'est exactement ce qu'il te faut.

Ils prirent la route dans l'heure qui suivit. Aydin avait garé sa camionnette derrière le souk, où il avait acheminé ses marchandises avant de retrouver Liouba. Au sortir d'Aqaba, ils atteignirent tout de suite le désert. Ils roulèrent longtemps en suivant la seule route possible, qui n'était pas tant une route qu'une piste, parfois à peine discernable parmi les roches. À l'horizon, des dunes vierges, dont les versants n'avaient jamais été foulés par l'homme, se dévoilaient dans leur multitude. Elles étaient fendues, çà et là, de gigantesques massifs de grès rouge. Partout, autour d'eux, c'était la couleur ocre du sable et le reflet du soleil, à s'en brûler les yeux. Des pneus abandonnés au bord de la piste. Des troupeaux de chèvres et de dromadaires, disséminés dans la végétation arbustive. Et, de loin en loin, de fines tornades de sable. Ils continuèrent à rouler jusqu'à la nuit, au gré des pistes du désert qui leur imposaient une direction, un équilibre, une lenteur.

À l'arrivée dans le village d'At-Tuweisa, le soleil avait disparu depuis longtemps derrière les montagnes. Les maisons se distinguaient à peine dans le crépuscule. Quand Aydin arrêta le moteur de la camionnette, il ne resta soudain plus rien que la paix du désert. Liouba descendit du véhicule et respira l'odeur puissante de la nuit et du sable. En levant la tête vers le ciel, elle vit, à intervalle irrégulier, des météorites qui le traversaient et lui imprimaient leur sillon incandescent. Derrière elles, c'était la Voie lactée, l'infini d'une galaxie insondable, vaste lumière dans le noir absolu.

C'était son monde, à présent. C'était à l'intérieur de ce monde qu'elle évoluerait pour les semaines à venir, loin de chez elle, dans le silence profond.

Elle se réveilla au chant du coq. Il lui fallut d'abord se concentrer pour comprendre où elle était. La fraîcheur de la chambre. La lumière rouge qui filtrait à travers la fenêtre poussiéreuse. Des voix d'hommes qui s'interpellaient puis disparaissaient dans le silence du matin. Le cri lancinant d'une chèvre. L'odeur de feu de bois qui imprégnait la couverture dont elle n'osait encore s'extirper, sur la banquette où elle avait passé sa première nuit dans le désert.

Elle s'habilla à la hâte, noua un foulard autour de ses cheveux, et sortit de la maison vide. Les montagnes étaient pâles encore, presque roses, silhouettes vaporeuses dans le ciel clair de l'aube. Moins d'une dizaine de maisons composaient cette partie du village d'At-Tuweisa. Elles étaient faites de briques ocre et recouvertes d'un toit de tôle. À droite de l'habitation où elle avait dormi, un tapis recouvrait des gravats. Du linge séchait sur un fil tendu entre deux murs. Un enfant l'observait derrière un drap en mangeant un quartier de pastèque. Un chat roux fila le long d'un mur et disparut derrière le rideau accroché dans l'encadrement d'une porte.

— Tu as bien dormi ? demanda Aydin.

Il avait surgi sans bruit derrière elle, un panier rempli d'œufs dans les bras.

— La pondaison du jour, dit-il. Je vais te faire une omelette.

Elle le suivit dans la cuisine. Il habitait avec sa femme, Azadeh, qui était encore occupée au poulailler. Ils s'étaient mariés l'été précédent, dans la famille d'Azadeh qui préservait encore, autant que possible, son mode de vie nomade, dans le nord du désert. Ses parents à lui étaient morts plusieurs années auparavant, et il avait repris la responsabilité de leur troupeau de chèvres et de leur élevage de volaille. À présent, il cultivait aussi la pastèque, sous une petite serre aménagée.

La cuisine puisait sa lumière d'une unique fenêtre, ouverte au-dessus d'un évier en fer rouillé. Aydin plaça une poêle sur le réchaud et y brisa quatre œufs, qu'il fit cuire avec un peu d'huile de sésame. Liouba le questionnait sur son enfance, sur son père, qui avait fait partie des premiers Bédouins du Wadi Rum à s'être installés à At-Tuweisa.

— Il a fait ce pari, dit-il. Il n'avait pas de mal à imaginer que la vie dans une maison, pour ses cinq enfants, serait plus confortable. Aujourd'hui, mes frères continuent à arpenter le désert. Ils n'ont pas réussi à s'accoutumer à ce nouveau mode d'existence. Mais il y avait la ferme de mon père, que je n'aurais pas pu abandonner pour partir moi aussi. Et Azadeh, qui souhaite que nos enfants, lorsque nous en aurons, aillent à l'école d'Ataiwash, comme les garçons du village. Alors nous sommes restés.

— Est-ce que cela te manque ? D'être toujours en partance, de ne jamais t'attacher à un lieu plus qu'à un autre ?

— Je mentirais si je te disais que cela ne me manque pas, répondit-il. Quand je ferme les yeux, le soir, je revois les grands troupeaux de dromadaires qu'on menait avec les anciens. Il y avait, dans le regard de ces bêtes, dans leur placidité, une forme de beauté qui, étrangement, m'apaisait davantage que les paysages. J'avais l'impression, parfois, que le désert ne voulait pas de nous. Nous avions beau l'habiter depuis plus longtemps que la mémoire de nos aïeux, depuis les tribus nabatéennes, il y avait quelque chose qui nous résistait encore. À voir les carabines de mes aînés, toujours à portée de main, je sentais que nous étions en danger, ou que nous étions nous-mêmes le danger. C'est une terre qui est faite pour les scorpions, les bouquetins et les renards. Je me demandais parfois où allait la route, et si elle finirait un jour. Et pourtant, je sentais confusément que je n'avais pas d'âme, si ce n'était celle du désert.

Azadeh apparut dans l'embrasure de la porte. Elle ne parlait pas anglais, mais elle s'adressait à Liouba comme si celle-ci la comprenait, avec une douceur et une sollicitude qui avaient aussitôt lié les deux femmes. Elle lui apportait une serviette et du savon, blanc et brun comme un morceau de pain, aux effluves de genévrier. Depuis quelques années, leur maison était dotée de l'eau courante, froide et non potable, mais qui leur permettait de se laver à l'abri des murs.

Ils prirent le chemin de la plantation après le petit déjeuner. Les pieds dans le sable pâle et plat, en ligne droite, vers la montagne la plus proche. Bientôt, derrière eux, le village ne fut plus qu'une silhouette, un mirage, un tremblement sur l'horizon du désert.

Au sein de la parcelle, il y avait des centaines de trous creusés dans le sol. Disséminés sur plusieurs hectares, des hommes et des femmes, courbés en deux, déplaçaient le sable avec des pioches. Au-dessus d'eux, une pépinière était logée dans un escarpement, plusieurs bâtons de bois entre lesquels était tirée une toile de jute. De jeunes pousses d'arbres s'alignaient à l'abri, feuilles contre feuilles, nuances de vert dans le rouge du désert.

Babak Majali travaillait face au vent qui traversait les montagnes, ses yeux sombres plissés dans l'éclat poudré du contre-jour. Il portait le *dishdasha,* une tunique noire qui tombait jusqu'à ses pieds. Son visage était couvert d'une épaisse barbe grise et semblait marqué par le temps, sans qu'il soit toutefois possible de discerner précisément son âge. Il s'arrêta lorsqu'il vit Liouba et Aydin venir vers lui. Le jeune Bédouin échangea avec lui quelques mots d'arabe, puis ils reprirent en anglais.

— Liouba est française, expliqua Aydin. Elle aimerait écrire l'histoire de cette forêt que tu plantes. Elle est venue te rencontrer.

Babak lui tendit la main pour la saluer.

— Que faites-vous ici, exactement ? demanda Liouba.

— Nous étudions la végétation potentielle qui poussait à cet endroit il y a des millions d'années, répondit Babak. Dans les profondeurs ancestrales du sable, nous cherchons des indices.

— Qu'avez-vous trouvé jusqu'à présent ?

— Des figuiers, des grenadiers, des oliviers. Des frênes oxophylles. Des genévriers. Des chênes chevelus et des chênes kermès. Des sapins de Cilicie et des pins de Calabre. Une vingtaine d'essences, au total. Et ce n'est pas fini.

— Et que faites-vous ensuite ?

— Ensuite, nous allons chercher des graines dans les forêts d'Ajlun, au nord d'Amman, au Liban ou en Syrie. Nous les faisons pousser dans la pépinière installée là-haut. Nous les planterons plus tard dans les trous préparés.

— Combien avez-vous de chances que ça marche ?

— Une chance sur mille, peut-être. Mais même si nous n'avions qu'une chance sur un million, il faudrait essayer.

Le soleil du matin brûlait déjà dans le ciel clair. Il essuya la sueur qui coulait sur son front d'un revers de main. Liouba lisait sur son visage une sorte de fatigue mêlée à un rayonnement intérieur, une conviction intime et pure, source de courage.

— Si la chaleur du désert ne te fait pas peur, reprit-il, nous avons besoin de personnes comme toi sur le chantier. C'est un travail utile. L'ultime résistance de la vie dans le désert.

Elle se mit à l'œuvre le jour même. Aydin était reparti à la ferme. Ils étaient une vingtaine à s'affairer autour d'elle, des femmes et des hommes, des jeunes Bédouins venus des villages alentour, de Disah ou de Shakaria. Les hommes maintenaient une forme de distance à son égard, par timidité ou par méfiance. Les femmes, en revanche, s'approchaient d'elle, lui expliquaient en arabe comment manier la pioche sans se faire mal au dos, l'emmenaient jusqu'à la pépinière pour lui présenter les différentes essences d'arbres qui y étaient produites, partageaient avec elle leurs provisions de gâteaux au miel emportées pour la journée. L'une d'elles, Bushra Bawab, parlait anglais. Elle portait son plus jeune enfant sur son dos, enrubanné dans un foulard. Elle lui montra les bassins qui accueillaient le substrat destiné à fertiliser le sol.

— On le réalisera en compostant principalement du thé, détailla-t-elle. L'idée est d'enrichir les sols en composants organiques afin d'attirer les termites, naturellement présents dans le désert. Les galeries souterraines qu'ils creuseront permettront de recueillir l'eau de pluie.

— Cela fait longtemps que tu travailles sur le chantier ? s'enquit Liouba.

— Plus de deux ans, maintenant. Le projet a fait parler de lui dans la région. Avec scepticisme, d'abord. À At-Tuweisa, les hommes disaient que Babak Majali était fou. Je crois plutôt qu'il est visionnaire. Il a compris qu'au rythme du réchauffement actuel, il ne nous serait bientôt plus possible de vivre ici. Alors il s'adapte. Et il permet, dans le même temps, à nos communautés de s'adapter elles aussi. Son projet est courageux. Au lieu de partir encore, comme les Bédouins l'ont toujours fait, il a décidé de rester et de donner la possibilité à ses petits-enfants de rester à leur tour. Dans dix ans, cette forêt nous permettra de nous nourrir, de faire paître notre bétail, de trouver un peu de fraîcheur dans le désert.

Elle parlait en s'efforçant de séparer les quartiers d'une orange qu'elle avait tirée de son sac en tissu. Elle en tendit un morceau à Liouba, et s'assit un moment avec elle, sous le soleil au zénith.

En fin de journée, les planteurs se dispersèrent. Ils repartaient vers leurs villages, à pied ou en camionnette. Bushra et Liouba rejoignirent At-Tuweisa en marchant. Les couleurs s'étaient modifiées. Le sable qui paraissait pâle le matin même, presque incolore, s'était doté de teintes violettes au soleil couchant. Elles se séparèrent devant la maison de Bushra, où son fils aîné jouait à la balle avec d'autres garçons. Au crépuscule, le village résonnait du murmure des sourates, que prononçaient tout bas des hommes tournés vers le sud-est. Certains d'entre eux priaient sur le tapis que Liouba avait vu étendu, plus tôt, sur des gravats.

Babak Majali l'avait invitée à dîner pour mieux faire connaissance. Derrière sa maison, dans une petite cour intérieure entourée de murets en brique, il faisait réchauffer le pain sur les braises. Bahareh, sa femme, apporta des grillades de mouton au thym sec, du miel, du fromage et du lait. Son visage ridé et osseux était serré dans un foulard. Elle avait dû être très belle, dans sa jeunesse. Une lumière résiduelle brillait au fond de son regard.

— Quand j'étais petit, dit Babak, mon père m'envoyait en pénitence dans le désert. Je devais partir pendant des jours entiers, avec une chèvre de Baladi pour seule compagnie. Je mangeais la même chose qu'elle. Des plantes, les aiguilles des arbustes. Et le *shrak*, le pain bédouin, que j'avais emporté dans ma poche. La faim me rongeait. Je restais parfois allongé pendant des heures, dans l'ombre d'un rocher, recroquevillé sur moi-même. La soif faisait saigner mes lèvres. Je buvais l'eau que je trouvais dans les sources qui émanent des montagnes. Quand je rentrais à la tente, à la fin de mon châtiment, mon père m'accueillait sans un mot, comme si je ne m'étais absenté qu'une heure ou deux. Je n'éprouvais aucune rancune. Seulement la fierté d'avoir survécu.

— Combien de temps ta famille restait-elle au même endroit, à cette époque ? questionna Liouba.

— Parfois quelques jours, parfois plusieurs semaines. Mais le plus souvent, on levait le camp tous les matins. On éteignait nos feux, on rassemblait nos troupeaux. Et on repartait droit devant nous. Les dromadaires nous permettaient de franchir les cols les plus inaccessibles, d'aller toujours plus loin pour faire paître nos bêtes. Les jeunes garçons de la tribu chassaient l'ibex à flanc de montagne. Les Bédouins sont immunisés contre le vertige. Ils grimpent à même les murailles de grès, le fusil en bandoulière. Vers Khazale et Nasrani, notre chasse était souvent réussie. C'était une fierté de ramener du gibier à nos familles. On en faisait de grands festins, pendant plusieurs jours, avec des brasiers gigantesques.

Liouba n'était pas très sûre de ce qu'était un ibex. Elle imaginait une créature avec des cornes plus grandes que son corps, des yeux de sable, un cœur palpitant, mû par le souffle du désert.

— Combien as-tu d'enfants ? reprit-elle.

— Cinq garçons, tous grands maintenant. Pères de famille. Certains vivent ici, à At-Tuweisa, d'autres un peu plus loin, à

Manshir. Ils m'accompagnent sur le chantier. Cette forêt, nous voulons la léguer aux générations futures. À mes petits-enfants, et à tous ceux de nos villages qui voudront continuer à habiter le désert de leurs aînés. Car c'est dans notre terre natale que se trouve notre lieu fixe.

La nuit était pleine désormais. Elle endiguait le désert, le rendait moins immense, d'une certaine façon. Dans l'obscurité qu'éclairait, par petites touches, le brasier devant eux, Liouba était saisie par une forme d'intranquillité mêlée à l'intense sérénité, à la paix invincible de la solitude. Des chants d'animaux inconnus peuplaient les ténèbres de leur présence invisible. Une lune de sable s'était levée avec la nuit, rougeoyante comme un soleil, immense sur l'horizon.

Après le dîner, elle rejoignit la maison d'Aydin et Azadeh et se glissa par la porte entrouverte. Elle retrouva sa chambre, éclairée d'une bougie que ses hôtes avaient laissée brûler pour elle. Le vent soufflait contre la fenêtre. Elle se blottit sous la couverture de laine bleue, qui ne s'était pas départie de son odeur de feu.

Accroupie dans le sable brûlant, Liouba maniait la pioche et la truelle des heures durant. Autour d'elle, certains travailleurs entretenaient la pépinière, d'autres continuaient à creuser le sable et à déposer, dans les trous formés, la matière organique qui fertiliserait le sol. Babak Majali supervisait les différentes tâches, prenait des notes dans ses carnets. Un lien d'estime s'était noué entre lui et Liouba. Ils travaillaient le plus souvent côte à côte, absorbés dans leur conversation silencieuse avec les climats antérieurs. Il leur semblait y trouver des solutions à certains mystères, à ce que le passé avait d'inconnu, d'indéchiffrable. En fin de journée, ils s'asseyaient ensemble sous la toile de la pépinière. L'air y était plus frais. Les plantules apportaient déjà un peu d'humidité à la sécheresse ambiante. Elles s'alignaient au sein des platebandes, au milieu desquelles un écriteau arborait, en arabe et en latin, le nom des essences représentées. Autour d'eux, des femmes s'occupaient encore de l'arrosage des plants ou de leur mise en sachet. Liouba complétait ses notes, les mettait en ordre. Elle interrogeait Babak sur l'adaptation des végétaux aux conditions de vie extrêmes, au manque d'eau, à l'insolation.

— Si les Bédouins ont appris à vivre dans ce désert, pourquoi une forêt ne pourrait-elle pas le faire ? observa-t-il. Dans le Wadi Rum, les sous-sols contiennent des centaines d'espèces de fleurs en dormance. Lorsque les précipitations sont abondantes, au printemps, le désert fleurit. Cela va arriver cette année.

Elle aimait l'immobilité de ces moments, ces discussions. Le fait que l'anglais, entre eux, qui n'était pas leur langue natale, abolisse leurs différences d'âge, de culture. La langue commune était celle du végétal.

— Bientôt ? demanda-t-elle.

— Bientôt. J'ai commencé à noter certaines floraisons inhabituelles au sud d'At-Tuweisa. Des asphodèles, des iris noirs, des anémones. Nos déserts sont plus fertiles que vos villes, ajouta-t-il avec un demi-sourire.

La pluie arriva brutalement, immenses volutes nuageuses accumulées dans le ciel d'ouest, en provenance directe de la

Méditerranée. Il plut pendant plusieurs jours, et tous les travaux du sol s'interrompirent le temps que durèrent les orages. Liouba restait à l'abri de la maison d'Aydin, dans la lumière bleue de son écran d'ordinateur, commençant à mettre en forme son reportage. Elle pensait à son père. En travaillant au contact de la terre, à la recherche des essences ancestrales dont les traces étaient encore lisibles dans les sous-sols, elle faisait le lien avec ce qui avait été le métier d'Henri Darcet. Elle pensait aux carnets qu'il remplissait de dessins de plantes lors de ses voyages. Il portait une attention particulière à celles qu'il ne connaissait pas, les dessinant précisément afin de mieux appréhender leurs structures et en trouver le nom à son retour. Elle pensait également à sa mère, Elena, qui avait fait naître en elle sa vocation de reporter, qui lui avait donné envie, elle aussi, d'écrire sur le monde pour le déchiffrer et le transmettre. C'était ce qu'elle faisait ici, aux confins du Wadi Rum. En plantant, en écrivant, elle faisait le deuil de ses parents. Elle réalisait l'intrication ultime du végétal et de l'humain, qui avaient été, l'un et l'autre, la quête de leurs vies.

Liouba accompagnait Azadeh dans ses travaux fermiers, récoltant les œufs des volailles et rassemblant le fourrage pour les chèvres et les moutons, sous la pluie battante qui la laissait exsangue. Elle apercevait parfois Bushra, ombre grise sous les rideaux aquatiques, qui apprenait à son fils aîné comment remonter l'eau du puits. L'enfant s'arrêtait pour la regarder de ses yeux immenses et noirs, l'air sérieux, impassible. Bushra lui adressait des grands signes de la main, avant de repartir vers sa maison. Les troupeaux s'étaient rassemblés sous les abris en bois aux abords du village. Leurs bêlements se distinguaient à peine à travers le bruit que faisait la pluie sur les toits en tôle. Le désert s'était effacé derrière un écran liquide et gris.

Et puis tout s'arrêta. Le premier matin après la pluie répandit sa lumière poudreuse sur l'immensité lavée du Wadi Rum. Les montagnes réapparurent dans le ciel éclairci. C'est le silence qui la tira du sommeil, le silence retrouvé du désert. Elle sortit de la maison, encore ensommeillée. Les vallées étaient couvertes de fleurs aussi loin que portait son regard. Des champs entiers de fleurs roses, violettes, blanches, qui s'étendaient vers les montagnes, comme la marée montante. Elle vit Babak Majali qui partait déjà en direction de la parcelle de plantation.

— C'est arrivé cette nuit, lui cria-t-il. Le désert a fleuri. C'est un spectacle plus magnifique que tout ce que tu avais pu imaginer, n'est-ce pas ?

— C'est au-delà des mots, répondit-elle.

Ils commencèrent à planter les arbres, ce jour-là, dans la lumière qui émanait des fleurs tout autour d'eux. Plus de deux ans après le début du projet, Babak avait choisi de profiter de la pluie des derniers jours pour amorcer la deuxième phase du chantier. Le sable humide était prêt à recevoir les jeunes pousses, qui finissaient leur maturation dans la pépinière. Ils s'attelèrent à la tâche au sommet de la parcelle. Ils transportaient les plants deux par deux, les déposaient dans les cavités qu'ils rebouchaient à la pelle, en veillant à bien tasser le sable avec leurs bottes au-dessus des racines. Ils disposaient les essences de façon aléatoire, sans constituer d'îlots spécifiques, pour laisser au hasard la structure future de la forêt, comme l'aurait fait la nature. Babak estimait qu'il leur faudrait à peu près deux mois de travail pour mettre en terre les milliers d'arbres que contenait la pépinière. Puis ils se remettraient en quête de graines pour produire une nouvelle génération de jeunes plants.

Liouba observait le Bédouin, penché avec l'un de ses fils au-dessus d'un schéma tracé sur un papier. Le cycle de la vie. Aimer quelqu'un, avoir des enfants, les élever, espérer leur imprimer une marque, un héritage qu'ils pourront porter bien après notre mort. Y avait-il quelque chose de plus que cela ? Y avait-il d'autres buts à poursuivre ?

Quand le soleil amorça son déclin, des centaines de jeunes pousses frémissaient au vent, solidement ancrées dans le sable, commençant une existence nouvelle. Ils s'arrêtèrent de planter pour admirer le résultat de leur travail. Une forêt en devenir. Tout était là. Les vestiges du passé et les racines de l'avenir. Elle partirait loin de cette forêt. Si elle y revenait dans dix ans, dans vingt ans, qu'y trouverait-elle ? Le paysage n'avait plus rien à voir avec celui qu'elle avait découvert en arrivant. Le désert se fondait en elle, dans son immensité, son illisibilité. Le désert était en elle, et elle était au cœur du monde.

Peu avant son départ, Bushra l'invita à boire le thé en fin d'après-midi. Son mari, Atayak Bawab, était encore occupé aux champs. Elle expliqua à Liouba qu'ils possédaient une culture de chou et d'aubergine, un peu plus au sud du village, vers Manshir. Le champ avait la forme circulaire que lui donnait l'irrigation en carrousel. L'eau était puisée directement dans l'aquifère, en profondeur, sous la surface du désert.

— Ce champ est très précieux pour nous, dit-elle en servant le thé. Il nous donne de quoi nous nourrir d'autre chose que de la viande du bétail, et Atayak vend parfois le surplus de production au souk d'Aqaba. Mais nous avons conscience que ce système d'irrigation épuise les ressources en eau qui circulent sous le désert. Babak explique que la forêt nous offrira de nouvelles solutions pour nous nourrir. Il dit aussi qu'elle permettra de renouveler les nappes phréatiques en favorisant l'infiltration de l'eau des pluies dans les sols. Notre avenir, désormais, est dans cette forêt.

Son fils aîné apparut derrière le rideau accroché dans l'embrasure de la porte. Il devait être âgé de sept ou huit ans. Il adressa quelques mots à sa mère, que Liouba ne comprit pas.

— Moha me demande jusqu'à quelle heure il a le droit de jouer dehors avec ses amis, dit Bushra en riant. Je me demande souvent s'il restera ici, à At-Tuweisa, quand il sera en âge de ne plus me demander de permission.

— Tu as peur qu'il quitte définitivement le village ? demanda Liouba.

— L'exil est l'état naturel de l'être humain. Né dans un lieu de hasard, appelé à ne jamais y demeurer, appelé à toujours y être ramené. Même si Moha venait à partir, il garderait le désert avec lui. Il appartient fondamentalement au désert.

Elle resta silencieuse un moment, réajusta le voile qui couvrait ses cheveux et donnait à son visage la douceur de l'ombre dans un pays trop chaud. Elle porta la tasse de thé à ses lèvres.

— Quelle est ta terre natale, Liouba ? reprit-elle.

— La Russie, soupira-t-elle à regret. Un autre désert, en ce qui concerne la majeure partie de son territoire.

— Un désert de glace, dit Bushra. Je ne verrai sans doute jamais la neige. Mais peut-être que le sable blanc est toute la neige dont j'ai besoin.

C'est Aydin qui la raccompagna à Aqaba, le jour où il s'y rendait traditionnellement pour le marché. Quitter le village dans les premières lueurs de l'aube avait été un déchirement. Quitter Babak et Azadeh, quitter Bushra qui la serra dans ses bras en la priant de revenir. Comment était-il possible de dire adieu ? De partir et de savoir qu'il n'y aurait, sans doute, jamais de retrouvailles ? Que ces moments de vie perdureraient dans sa mémoire sans que jamais ils ne soient réactivés par la rencontre renouvelée des êtres avec qui elle les avait vécus ? Dans la camionnette, elle demeurait silencieuse, le regard perdu dans le désert, qui redevenait un rêve après avoir été vécu. À Aqaba, Liouba et Aydin restèrent longtemps à se remercier et à se souhaiter bon voyage, debout l'un devant l'autre, les yeux brillants.

Puis elle le regarda s'éloigner vers le souk, jusqu'à ce qu'elle le perde tout à fait de vue.

C'était fini, à présent, et elle retrouvait de nouveau les oliviers des premiers jours, qui bordaient la ruelle de l'auberge de Dalir Khair. À son retour du désert, elle s'était enfermée à l'hôtel deux journées entières, pour écrire et regarder, par la fenêtre, les montagnes et le désert qui lui manquaient. Elle avait acheté son billet d'avion pour Paris, et pressentait déjà à quel point elle souffrirait de quitter Aqaba. Elle restait encore suspendue dans l'ivresse d'être invisible, témoin, de se fondre dans l'observation de chaque détail. Et c'était bien cette quête qui persistait à la maintenir dans le rêve du désert, parce qu'il résistait encore, dans son mystère, à se laisser apprivoiser, à jamais hors d'atteinte, à jamais éternel.

À la fin de sa deuxième journée d'isolement, elle était sortie poursuivre l'écriture dans un café. Elle avait choisi, d'instinct, celui où elle avait rencontré Aydin Jaradat. À l'heure du soleil couchant, la ville rayonnait d'une lumière aveuglante. La terrasse était bondée et bruyante. Des tables en bois, étroites et rapprochées, s'alignaient sous des lampions de toutes les couleurs. Des joueurs de tavla parlaient fort et s'enthousiasmaient pour la partie en cours. À côté d'elle, elle vit un homme, de dos, qui éditait des photographies sur un ordinateur portable. Elle s'attarda sur l'image qui apparaissait sur son écran, le portrait d'une jeune femme voilée tenant, entre ses mains, un lance-pierre tendu vers l'objectif. Elle détourna les yeux et s'adressa en anglais au serveur qui se déplaçait en diagonale sur l'esplanade.

— Tu es française, remarqua l'homme de la table voisine en se retournant vers elle, interpellé, sans doute, par son accent.

À ses yeux, Liouba avait tout d'une Européenne, avec quelque chose, cependant, qui échappait aux codes touristiques. Ses cheveux sombres, souples, ondulaient dans le vent de la mer. Son visage n'était doté ni de la pâleur de ses origines russes ni du hâle du soleil oriental. La couleur de sa peau était un entre-deux, un teint à la fois mat et transparent comme on en trouve parfois en Sibérie, un teint des steppes de l'Asie intérieure. Un visage de désert, qui n'était pas celui d'ici, et qui faisait signe vers une tout autre région de la Terre.

Liouba le regarda avec surprise. Il y avait toujours quelque chose de troublant à rencontrer d'autres êtres dotés de la même langue que la sienne dans des endroits si distants de leurs lieux de vie, comme s'il était possible d'oublier leur capacité à se déplacer, à s'éloigner de chez eux, à se perdre parfois volontairement.

Lui était brun, les cheveux pleins de lumière et de poussière d'une journée passée à l'air marin. Ses joues creuses étaient couvertes d'une barbe de quinze jours. Le front large, balayé par des mèches de cheveux. La peau du visage un peu tannée, les yeux sombres, de la couleur du bois.

— J'habite Paris, c'est vrai, dit-elle avec un demi-sourire. Mais je suis née en Russie.

— Je m'appelle Talal, poursuivit-il. Talal Sariel.

— Liouba, répondit-elle. Liouba Darcet.

Il se bascula en arrière sur sa chaise pour lui serrer la main, l'air sérieux, et ils rirent de la dimension protocolaire de son geste.

— Que fais-tu ici, à Aqaba ?

— J'ai passé un mois dans un village bédouin du Wadi Rum. J'écris un article sur un homme qui plante une forêt dans le désert. C'est mon premier reportage, et je ne sais pas encore très bien comment je vais pouvoir le vendre.

Il avait rassemblé sa bière, son appareil photo et son ordinateur, pour prendre place à côté d'elle.

— Je suis journaliste aussi, dit-il. Photographe. Je rentre d'un reportage dans la bande de Gaza, pour un magazine documentaire allemand.

— Tu couvres le conflit israélo-palestinien ?

— Je m'intéresse principalement aux mouvements des populations. Comprendre la difficulté des hommes à coexister, ce qui les pousse à quitter leur monde familier pour se réinventer, ou parfois seulement survivre, ailleurs. Comprendre comment le mouvement, la découverte de la nouveauté et la douleur de la perte les métamorphosent sans cesse. L'être humain a toujours été une espèce migratrice, mais ce mouvement s'accentue aujourd'hui au fil des changements climatiques, de la montée des eaux, des conflits croissants.

— Parle-moi de Gaza, dit-elle.

— C'est une bande de terre qui est aussi une cage, dans laquelle sont confinés des milliers de réfugiés. Je crois que je ne saurais rien t'en dire de plus, en dehors de ce que j'y ai photographié. Un garçon qui nourrit un âne blanc, sous un drap tendu. La silhouette d'un homme dans la nuit, quand la ville, privée d'électricité, s'éteint entièrement. La lumière écrasante du soleil sur les visages, lors des funérailles d'une famille qui a péri dans un bombardement. Les joues d'un enfant peintes aux couleurs du drapeau palestinien. Les combattants masqués du Hamas qui avancent en silence dans les rues vides. Les images restent. La couleur des êtres et des lieux. Leurs reliefs et leurs contours.

Il resta silencieux un moment, achevant la dernière gorgée de sa pinte, le regard lointain.

— C'est la première fois que tu vois pousser une forêt dans un désert ? reprit-il.

— Elle n'a pas encore poussé. Mais j'ai bon espoir. Je crois que c'est un projet essentiel, quelque chose qui prouverait que le désert n'est pas une fatalité. Qu'il est possible, ici et dans d'autres régions du monde, d'inverser la tendance.

— Comment ça marche, concrètement ? questionna-t-il.

— Les Bédouins utilisent une technique originaire du Sahel qui s'appelle le zaï. Ils creusent le sol de petits trous dans lesquels ils ajoutent des matières organiques en décomposition, pour le fertiliser. Les débris attirent les termites. Ils s'installent dans les cavités et creusent des galeries souterraines qui permettront de conserver des réserves d'eau lors des épisodes orageux. La clé est de sélectionner au préalable des essences d'arbres adaptées, présentes à cet endroit il y a des millions d'années. Cela permet ainsi de reconstituer une forêt native. Si les oiseaux s'y installent et apportent avec eux de nouvelles graines, c'est gagné.

La nuit était tombée, à présent, et l'un des serveurs, qui avait le crâne dégarni et une épaisse moustache noire, leur proposa de commander un plat de *mansaf*.

— Je crois que ça me plairait, commenta-t-il. Cultiver la terre, attendre que quelque chose en naisse.

— Tu disais pourtant tout à l'heure que c'était le mouvement qui t'intéressait.

— Je n'en reste pas moins fasciné par l'idée du lieu qu'on va chercher quand on s'en va. Qu'est-ce qui nous motive à partir ? On part toujours vers quelque chose. Un ailleurs qui sera peut-être meilleur, ou peut-être pire, que l'endroit qu'on a quitté. On se met en marche avec espoir. Pour moi, cet espoir, ça pourrait tout à fait être un jardin dans le désert.

— Tu t'attaches à ceux qui partent, et moi à ceux qui restent, observa Liouba. Dans les deux cas, c'est la force d'adaptation de l'être humain qui est en jeu.

Le dîner leur fut servi dans des assiettes en terre cuite, avec une bouteille d'arak. Le plat se composait de riz et d'agneau, assaisonnés d'un bouillon de lait caillé.

— Je me demande souvent, reprit-elle, ce qu'il y a à écrire de plus que ce qui a déjà été écrit, dit et vu, que ce qui appartient déjà à la pensée collective humaine. Des histoires de lutte, de résilience, d'effondrement, de solitude.

— Peut-être, dit-il, que ceux qui lisent les pages internationales des journaux sont justement à la recherche de ces histoires. De ces histoires qui se déroulent dans des lieux éloignés de chez eux, pour y projeter une part d'exotisme, d'étonnement feint, d'insurrection face à la marche du monde, pour se faire peur tout en restant chez eux, pour se conforter dans l'idée que le système ne fonctionne pas, que la politique est un complot, que les guerres sont le propre de l'humanité.

— Et dans tout cela, reste-t-il de la place pour la poésie ?

— Un peu, mais pour les faits, surtout. Implacables. Énoncés comme une forme de vérité absolue sur la vie, la vie de ceux qui sont loin, qui habitent des zones dangereuses, des zones d'exil, qui habitent des ailleurs qui n'auraient pas été imaginables sans ces histoires. Des phrases qui permettent de se tenir au courant du monde, de croire en saisir l'immensité, la complexité, l'absurdité.

Elle réfléchit un instant à ses paroles. Elle se demandait si c'était ce qu'elle écrirait, elle aussi, au sujet de l'homme qui plantait des arbres dans le désert.

— C'est pour cette raison, reprit Talal, que j'ai choisi la photographie. Elle transmet parfois la poésie de façon plus immédiate que le récit. C'est peut-être plus facile d'y croire, quand on l'a directement sous les yeux.

Autour d'eux, la terrasse bruissait des conversations et de la musique diffusée par une enceinte à l'entrée du restaurant. Des tambourins et des instruments à cordes. Des chants bédouins. La voix du désert.

— Où habites-tu, le reste du temps ? demanda-t-elle.

— Berlin. Je travaille sur commande pour une agence de presse allemande, et je vends parfois directement mes photos à des journaux internationaux. Mais je suis né et j'ai grandi sur une île proche d'Istanbul. Je suis français par mon père et turc par ma mère. J'étais très jeune quand j'ai perdu mes parents, et c'est mon grand-père maternel qui m'a élevé après leur mort. Un ancien capitaine de navire, qui a pris sa retraite sur l'île de Büyükada, dans l'archipel des Adalar. Pour ne jamais perdre la mer de vue.

Il versa l'arak dans leurs verres et porta le sien à ses lèvres.

— Quel âge avais-tu quand tes parents sont morts ? poursuivit Liouba.

— Environ trois ans. Je n'ai aucun souvenir de ce jour-là. Je sais juste qu'ils voyageaient entre Anchorage et Séoul. Leur avion s'est abîmé dans l'océan.

Elle se tut. Elle se demandait si les orphelins s'attiraient naturellement, où qu'ils soient dans le monde, comme s'ils émettaient entre eux un signal reconnaissable, à leur insu.

— J'ai perdu mes parents aussi, murmura-t-elle. Il y a deux ans.

— Comment est-ce arrivé ?

— Ils étaient repartis vivre en Russie, le pays de ma mère. J'ai reçu un appel de Moscou. Leurs corps avaient été trouvés dans la rue, criblés de balles.

— Un assassinat ?

— Je pense que ma mère, qui dirigeait un journal, était directement visée. Ou bien peut-être mon père, qui tentait d'empêcher la création d'une exploitation pétrolière en Yakoutie, dans l'est de la Russie. Quoi qu'il en soit, ils ont été tués tous les deux.

Dans le silence qui suivit l'aveu de Liouba, Talal tendit la main pour effleurer son épaule, d'un geste de réconfort, de tendresse, de compréhension profonde de ce qu'elle avait dû traverser dans le deuil de ses parents.

— Je suis désolé, dit-il.

— Moi aussi.

Ils quittèrent le restaurant et rejoignirent la plage, qui s'embrasait d'une fête improvisée dans l'éclat d'un feu de camp. La frange la plus moderne de la jeunesse d'Aqaba y dansait au rythme des guitares, des percussions et des basses. Un garçon avec des lunettes noires rappait en arabe sous les applaudissements des convives. Ils avaient un air heureux de rescapés, qui profitaient de la nuit pour oublier le jour à venir. Talal et Liouba se fondirent dans la foule et esquissèrent quelques pas de danse. Il lui prit les mains et la fit tourner sur elle-même avant de la ramener vers lui. Elle s'imaginait ce que cela ferait de l'embrasser, à cet instant précis, comme pour approfondir l'expérience du lieu, de ce qu'elle avait vécu à Aqaba, comme pour en conserver autre chose que quelques pages écrites. Elle ne le fit pas. Elle était perdue dans l'ambivalence qu'elle percevait entre le sentiment de liberté extrême que lui procurait le fait de danser avec lui, et la volonté de conserver cette liberté, de ne laisser personne s'approcher, de rester affranchie et sans lien, pour ne plus jamais ressentir la douleur de la perte. Elle pensait qu'il était probable que le désir puisse être créé, parfois, par la seule force des pensées qui naissaient malgré soi d'un contexte, d'une circonstance. Talal lui plaisait, et il était déjà trop tard pour empêcher la mise en mouvement du désir, né tout entier d'une conjoncture qui n'avait jamais existé auparavant et qui peut-être n'existerait plus jamais, d'un présent unique qui réunissait toutes les conditions pour créer ce désir. Le voyage. La solitude. La perspective d'un adieu. Au milieu de ces pensées et de l'ivresse qu'elle ressentait si fort, l'évidence lui revenait sans cesse qu'il était, fondamentalement, un photographe de guerre, par nature destiné à rester insaisissable. Photographe de guerre, se répétait-elle. Comme si l'expression de son métier contenait toute l'ironie, la dérision de la situation, l'impossibilité même de s'attacher à celui qui partirait toujours vers des pays dangereux et lointains.

La fête s'acheva au milieu de la nuit, et ils s'éloignèrent davantage, marchant vers la mer, qui s'était retirée un peu plus bas sur la plage. Elle pensait à Dalir Khair, le veilleur de l'auberge. Elle espérait que le vieil homme ne s'était pas inquiété de ne pas la voir rentrer, comme à l'accoutumée, un peu avant l'heure de la dernière prière du soir.

Ils s'assirent sur le sable froid qui sentait l'algue et dont ils pouvaient voir, de loin en loin, des amas sphériques et vitreux déposés sur la plage. Au-dessus d'eux, les constellations s'étendaient à perte de vue et semblaient tomber dans la mer.

— Quand on observe le ciel nocturne à l'œil nu, dit Talal, on n'aperçoit qu'une partie des centaines de milliards d'étoiles que contient notre galaxie. Et pourtant, il existe davantage de planètes que d'étoiles. Un quart de ces mondes se situent dans la zone habitable de leur étoile. Cela représente beaucoup de possibles.

— Tu penses qu'il y a des formes de vie ailleurs que sur la Terre ?

— Je pense que la question est surtout de savoir comment les trouver.

— Et qu'est-ce que cela nous apporterait ?

— J'imagine que déceler l'existence d'un autre monde nous permettrait d'en apprendre beaucoup sur le nôtre. En nous fondant sur notre comportement, nous pouvons en déduire que nombre de civilisations se sont détruites par elles-mêmes. Mais si nous en trouvions certaines qui ont réussi à résoudre leurs problèmes d'énergie, à maintenir sur leur planète un climat viable et à enrayer les épidémies tout en se développant technologiquement, alors nous pourrions en tirer des leçons pour pérenniser notre existence sur Terre.

— Je vois ce que tu veux dire, souffla-t-elle.

Elle n'osait pas lui avouer qu'à ses yeux la Voie lactée était floue. L'arak continuait à l'enivrer en circulant dans ses veines. Elle sentait avec force sa présence auprès d'elle, proche, si proche qu'il aurait pu poser sa main sur sa cuisse, étendre son bras autour de ses épaules pour la réchauffer, l'attirer vers lui dans une étreinte, dans un frisson. Il ne bougeait pas. Puis il se redressa sur ses genoux et sortit son appareil photo de son sac.

— Sans trépied, je n'ai aucune chance de faire quelque chose de bien, constata-t-il en pointant son objectif en direction des montagnes, dont les contours étaient éclairés par la lumière de la lune.

Il fit quelques photos, puis dirigea vers elle l'objectif.

— Je peux ?

Elle sembla hésiter d'abord, ne sachant pas comment réagir, comment négocier ce corps étranger entre elle et lui. Alors elle releva les yeux et vit son propre reflet dans la lunette, et au-delà, son regard à lui. Ce ne fut rien d'autre que ce regard. Ils ne se connaissaient pas. Ils ne savaient l'un de l'autre que ce qu'ils avaient bien voulu se dire sous ce ciel d'Aqaba. Pourtant une énergie particulière circulait entre eux, un flux de lumière et d'obscurité, un mélange de sable et d'étoile, qui était davantage que cette plage, que ces montagnes, que cette ville, davantage que cette nuit.

— Ça t'arrive souvent ? demanda-t-elle.

— De photographier des inconnues ? répliqua-t-il.

Il avait cette façon de poser son regard sur le sien, de ne pas la quitter des yeux, comme certains hommes qui ne la connaissaient pas, et il lui était possible alors de se sentir nue, auréolée seulement de la part de mystère, d'incertitude, qu'elle voyait dans ses yeux.

— De passer une nuit blanche à discuter avec une fille que tu viens de rencontrer ?

— Seulement à Aqaba, répondit-il en riant.

L'aube naissait à l'horizon. Elle le regardait encore avec intensité, cherchant dans ses yeux quelque chose de plus qu'un doute, qu'une hésitation. Il détourna le regard vers la mer. Elle s'ensevelissait dans la lumière blanche et rose de la brume qui s'était levée autour d'eux. Bientôt, la mer aurait disparu.

— Je reprends l'avion dans moins de cinq heures, soupira Talal avec regret.

Liouba garda le silence, le cœur pris en étau, le souffle court. Ce n'était pas l'ivresse, ce n'était pas la beauté du paysage. C'était autre chose. Une douleur qui venait de l'intérieur, une nostalgie puissante, insidieuse. Le voyage noue des liens. Le voyage les déchire brutalement. Talal se pencha vers elle pour embrasser, sur son front, la racine de ses cheveux. Le temps qu'elle pense à le retenir, il s'était déjà remis en marche vers la ville.

Dans un avion qui franchirait le ciel entre Aqaba et Berlin, Talal regarderait les clichés de la nuit sur l'écran incrusté de sable de son appareil photo. Il n'y trouverait qu'une forme vague et floue, un fantôme dessiné par la nuit, comme si un morceau de l'âme de Liouba s'était détaché, avait flotté quelques instants dans les airs. Absente. À jamais absente.

2040

Un mois de ciel noir et de pluies torrentielles avait précédé, sur l'île, le retour du soleil qui se levait à présent chaque matin, écarlate, montait au-dessus de l'océan, comme s'il avait illuminé des mondes souterrains avant de jaillir à l'horizon. Aslam s'était éveillé aux premières lueurs du jour et avait pris le sentier de la plage en traversant la jungle. À l'approche de l'océan, la forêt primaire laissait graduellement place à la mangrove. Sa progression se faisait alors plus lente, tout en enjambements d'obstacles et enlisements intempestifs. Autour de lui, les nœuds compliqués des racines formaient une sorte de labyrinthe à travers lequel il s'enfonçait sans fin et sans savoir exactement jusqu'où il le mènerait. Mais il s'y sentait en sécurité, comme si rien ne pouvait l'atteindre ici, dans la mangrove aux racines de boue noire, comme s'il y était à l'abri du risque des marées montantes, du déferlement définitif qui emporterait son île au fond de l'eau noire de la lagune. Dans le silence du matin résonnait, seule, l'extraordinaire respiration de la vase qui aspirait ses pas.

En émergeant de la mangrove, Aslam trouva la plage, et la marée était basse encore, encore lointaine l'infinie étendue aquatique qui soulevait ses vagues au-dessus de l'horizon. Il continua à progresser jusqu'à ce qu'il aperçoive les premières lignes des jeunes palétuviers, ceux qui s'étaient régénérés naturellement et ceux qu'il avait plantés au cours des jours précédents. Frêles tiges feuillues, ils émergeaient de l'eau miroitante.

Tous les jours, depuis des mois, chaque fois que la marée était suffisamment basse pour le permettre, Aslam plantait des arbres. La mangrove entourait naturellement le nord de l'île, et il savait que seule l'extension de ce mur végétal pourrait aider la terre à regagner un peu d'espace sur la mer. Il avait appris à connaître les différentes essences qui composaient la mangrove native, selon la forme ou la couleur de leurs feuilles, selon le parfum de leur bois, et à récupérer les graines qui germaient directement sur ses arbres. Palétuvier blanc. Palétuvier rouge. Palétuvier grand bois. Palétuvier montagne. Selon la saison, il se trouvait entouré de leurs fleurs ou de leurs fruits, qui tombaient des branches et flottaient sur l'eau, et des milliers de plants grandissaient désormais dans les pépinières qu'il avait continué à bâtir au cœur de l'île. Il avait appris également à les planter. À enfouir leur longue tige ligneuse dans la vase ou bien dans l'eau, jusqu'à ce que leurs racines se connectent au sol. Et parfois, quand la marée montait alors qu'il travaillait encore, il se retrouvait seul avec de l'eau jusqu'aux genoux, entouré de jeunes pousses d'arbres qui semblaient être nées de l'océan.

Telles étaient ses forêts amphibies : un mur de racines dressées vers le ciel, un mur invincible entre lui et l'océan.

L'île s'était démunie depuis longtemps de toute présence humaine. Face aux marées qui l'assaillaient, remontaient de plus en plus haut, envahissaient les maisons, s'infiltraient dans les nappes phréatiques et rendaient les terres incultivables, les pêcheurs qui la peuplaient avaient pris leurs bateaux et s'étaient de nouveau abandonnés aux courants marins, comme l'avaient fait leurs ancêtres durant des siècles. Les villages étaient vides à présent. Leurs maisons se désagrégeaient lentement, dévorées par le sel marin, renversées par les vagues, leurs portes éventrées.

Seule la famille d'Aslam était restée, d'abord, son père, sa mère et sa sœur, avant que les parents ne disparaissent à leur tour dans l'océan, partis un matin en bateau pour ne jamais revenir. Leurs enfants n'avaient jamais su ce qu'il leur était advenu – peut-être traversaient-ils encore, à cet instant même, des mers inconnues, peut-être étaient-ils encore quelque part, là-bas, dans le monde caché par l'horizon, rendus à l'aventure et à une forme de voyage éternel. Aslam et Jaya étaient partis à leur recherche, avaient sondé la mer et toutes les îles de l'archipel, celles qui demeuraient encore émergées et celles qui n'étaient déjà plus qu'un contour, une silhouette plus sombre sous la surface de l'eau. Quand ils étaient revenus seuls, Jaya avait pris le chemin des pépinières et avait saccagé toutes les platebandes. Elle les tenait pour responsables de la disparition de ses parents, car c'était pour trouver des graines de palétuviers sur les îles environnantes qu'ils étaient partis définitivement.

Très rapidement, après les larmes et le deuil, Jaya avait quitté l'île et son frère, convaincue que le salut de leur terre natale ne viendrait pas de la mangrove, comme l'avaient cru d'abord leurs parents, mais de solutions plus larges, internationales – elle trouverait quelque chose, qui soit à la hauteur de leur foi, qui soit en mesure de sauvegarder ce lieu qu'ils s'étaient choisi pour vivre et pour fonder leur famille.

Aslam était resté, parce qu'il fallait bien que quelqu'un le fasse, parce qu'il croyait au fait que ses parents réapparaîtraient, descendraient un soir de leur bateau comme ils y étaient montés, l'air triomphant, les bras chargés de sacs de graines et de boutures. Bien sûr, il était possible qu'ils soient morts, même si Aslam refusait de s'y résoudre. L'océan était peut-être leur tombeau, leur mémorial, sans qu'il en sache rien. Et, partout où il allait sur l'île, l'océan était là, la puissance de ses vagues, qui se levaient au large et semblaient construire une muraille protectrice ou bien l'ombre d'une menace. Puisque l'océan était tout autant la vie que la mort, Aslam songeait qu'il incarnait parfaitement le mystère que ses parents avaient finalement toujours été pour lui.

Après le départ de sa sœur, il avait quitté la maison familiale pour s'enfoncer dans la forêt. Pour mettre le plus de distance possible entre lui et les marées. Pour mieux se fondre dans cet univers qui l'avait vu naître. Pour atténuer la douleur d'être séparé de celle qui était cette autre version de lui-même, cette autre interprétation des mêmes gènes. Il savait que Jaya œuvrait désormais quelque part à améliorer les prévisions de la future élévation du niveau des mers, pour fournir aux communautés côtières les informations nécessaires pour s'y préparer.

À elle, la solution extérieure, les colloques scientifiques et les expéditions sur la banquise en dégel. À lui, la solution intérieure, l'inlassable création du barrage qui opposerait sa puissance végétale aux flots déchaînés de l'océan. La sœur et le frère comme deux parties d'une même sphère – le monde et son noyau.

À présent, chaque matin, Aslam traversait la jungle en sens inverse pour rejoindre le front de mer et continuer à planter des arbres, et c'était alors la même journée qui recommençait. Planter les jeunes pousses qu'il avait transportées la veille depuis la pépinière. Planter sans fatigue, à s'en écorcher les mains, avec des crabes translucides pour seule compagnie, qui se laissaient avaler par les vagues, disparaissaient et apparaissaient de nouveau dans l'écume déposée sur le sable. Scruter l'horizon en y guettant la voile d'un bateau. Recommencer à planter.

Aslam aimait ce travail ardu. Ce n'était pas pour l'ivresse du grand air, parce que la température frôlait désormais les cinquante degrés et que le seul fait de respirer était devenu une forme de résistance – ni même pour la mission supérieure que représentait cet acharnement à protéger son foyer. C'était bien plutôt pour l'espace qu'il créait pour ses pensées, c'était pour ses rêveries qui le ramenaient toujours à Rohama, la fille des pêcheurs bajau qu'il avait aimée avant de la perdre. Et c'était au cortège de crabes, à présent, qu'il racontait leur histoire. Comment, par exemple, il l'avait toujours connue, depuis leur enfance la plus lointaine. Comment il avait grandi avec elle, à l'école du village de Kadoda ou autour du cercle de feu allumé sur la plage. Comment ils avaient dansé ensemble, un soir, dans la chaleur aromatique de la nuit, et s'étaient embrassés pour la première fois sous les étincelles du brasier qui montaient vers le ciel. Comment cet amour secret les avait nourris. Comment ils se donnaient rendez-vous pour se baigner dans l'océan, même quand le vent des moussons commençait à agiter les flots. Comment, un matin, le père de Rohama était venu la chercher pour prendre définitivement la mer avec toute la tribu, et comment Aslam était resté seul, démuni face à ce départ qui sonnait pour lui la fin de son enfance.

Maintenant qu'il plantait des arbres chaque jour et ressassait encore ce moment où Rohama lui avait été enlevée, il se reprochait de n'avoir rien décelé. Il aurait dû comprendre ce qui avait changé en Rohama, entendre son cœur battre plus fort, parce que l'idée d'un départ lui avait été annoncée et qu'elle savait qu'elle allait devoir s'y soumettre. Il lui aurait peut-être suffi d'être plus attentif, de deviner, dans les dessins qu'elle traçait le soir, sur la plage, non pas la trace inachevée de la marée montante, non pas la forme d'une lune croissant jusqu'à sa plénitude, mais celle d'un monde inconnu qui devenait chaque jour un peu plus complet, des visions tremblantes, estompées, mais de plus en plus inextinguibles, du monde qui se situait par-delà la mer. Mais il n'avait rien vu. Quand il repensait désormais au passé, c'était encore tout cela qui apparaissait devant lui, des fantômes estompés de la vie qu'il avait vécue, la vie de son enfance, la vie de l'amour avant de le perdre.

Mais cela ne suffisait plus de se souvenir – seul comptait le mouvement qui l'entraînait d'un jour à l'autre. Continuer, quoi qu'il lui en coûte. Continuer ce qu'il avait commencé avec sa sœur, avec ses parents, c'est-à-dire planter les arbres jusqu'à ce que la marée monte et que le soir vienne. Continuer ce qu'il avait commencé avec Rohama, c'est-à-dire l'aimer, même dans son absence, même longtemps après sa disparition.

À mesure que les jours, que les mois passaient, Aslam pressentait que personne ne reviendrait jamais. Que les *dhows* des Bajau glissaient sans encombre sur la mer haute. Qu'une vague, plus grande que le monde même, avait eu raison de ses parents. Que tous ceux qu'il avait aimés s'étaient définitivement évaporés. Car l'océan assimilait tout ce qui lui est étranger – le sable et la forêt, les villages et leurs maisons, les hommes, les femmes et les enfants –, tout disparaissait autour de lui, rien ne perdurait que la vastitude de la mer sombre.

Et il demeurait seul, dans l'infini silence insulaire, seul face à l'horizon vide.

Deuxième partie

LA FORÊT

2011

La nuit était tombée sur Monrovia, très vite en fin d'après-midi, avec de grandes lumières qui s'épandaient vers le port et s'éteignaient au large de l'Atlantique. L'hôtel donnait sur la plage, à l'abri d'un front de palmiers derrière lequel Liouba apercevait tout un paysage océanique qui lui donnait le vertige. Elle lisait distraitement les journaux dans la pénombre de la réception. Elle s'était habituée à la solitude de ces voyages, de ces attentes, dans les aéroports et les hôtels. À Paris, elle avait commencé à travailler pour *Terre d'exil*, un magazine documentaire qui avait publié son premier reportage en Jordanie, et pour lequel elle écrivait désormais sur des sujets environnementaux, en s'attachant particulièrement aux forêts. Elle partait parfois des semaines entières, redoutant ces départs et les désirant tout à la fois, dans la peur et l'excitation de l'inconnu. Il y avait, au sein de ces voyages, l'impression d'un lieu en soi, où elle se sentait à l'abri du rythme et des contingences du quotidien. Mais il lui semblait aussi atteindre, par le voyage, l'exact contraire du lieu, cette zone parfaitement flottante de l'entre-deux. Entre deux pays. Entre deux mondes. Entre deux vies. Le voyage lui était devenu l'unique façon de se perdre, de s'oublier elle-même et d'être oubliée, temporairement, du monde. Quand elle partait en mission, il n'y avait pas d'adresse où la trouver : elle était domiciliée dans l'ailleurs, la transhumance la rendait inaccessible.

Elle avait appris que tout point du globe pouvait être rallié à force de patience, même les forêts les plus lointaines, les plus impénétrables. Des pays pouvaient être traversés et des continents entiers laissés derrière elle sans en avoir vu davantage que des halls d'aéroport, tous semblables, comme une étrange distorsion du réel, comme ces lieux de sa vie revus en rêve et pourtant déformés par l'insatiable machine du subconscient. Il n'y avait plus de montagne qui ne soit infranchissable, ni d'océan qui ne soit trop vaste. Il n'y avait plus même de temporalité qui ne soit malléable, avec la traversée des fuseaux horaires qui lui donnait l'impression de voyager dans le temps. Si son esprit demeurait dans le passé, son corps était déjà projeté dans l'avenir, et il arrivait parfois que cela soit l'inverse, que son corps revienne littéralement en arrière et vive pour la deuxième fois un jour ou une heure qui avait déjà existé pour lui dans un autre lieu. Elle observait, dans les aéroports, les êtres qui les peuplaient, existaient en dehors de toute accroche géographique, n'avaient plus besoin que d'un passeport pour justifier leur seule présence au monde. Silhouette en noir tournée vers le tarmac et découpée dans le contre-jour d'une baie vitrée. Homme qui sommeille sur un siège, la tête inclinée vers sa valise. Femme au téléphone qui parle fort pour mieux couvrir la distance. Couple appuyé l'un contre l'autre dans une file d'attente. Ils faisaient tous partie d'un même peuple, de ce peuple en déplacement, à considérer que le voyage était davantage un état qu'une action, un état qui pouvait parfois durer toute une vie.

Monrovia n'était qu'une étape, une pause au milieu d'un voyage plus long, qui devait la conduire du Libéria jusqu'à la forêt du mont Nimba, en Guinée. Il n'était possible d'y accéder que par la route, et son contact devait venir la chercher en voiture le lendemain. Ils voyageraient dans la poussière et le halo du soleil levant.

Elle avait contacté Talal Sariel quelques semaines avant son départ, persuadée des raisons professionnelles qui l'avait amenée à lui proposer ce reportage, sur un sujet un peu différent de ceux qu'il traitait habituellement. Elle avait besoin d'un photographe pour documenter sa mission dans la réserve du Nimba. Il lui fallait quelqu'un qui puisse mettre ses textes en images. Elle avait donc fait appel à lui, lui proposant ce travail, ce point de rencontre à Monrovia, et il avait accepté, tout simplement. Ils avaient gardé le contact depuis Aqaba en s'écrivant régulièrement sur les réseaux sociaux. Talal lui envoyait des photographies de ses reportages. Il y avait un effet de surréalité dans leur perfection, dans leur justesse, comme si le sujet photographié se tenait soudain devant ses yeux, plus réel que le réel lui-même, abolissait la frontière entre l'image et le monde à travers un processus de transmission immédiate. Un manifestant de la place Tahrir blessé par une pierre. Un homme demeuré seul à Bagdad après la fuite de sa famille. Une exilée somalienne dans le camp de réfugiés de Dadaab. C'était l'âme des lieux, l'âme des hommes, que Talal savait encapsuler, leur vérité imperceptible et absolue, avec leur musique, leur parfum, leur saveur, leur texture et leur couleur. Liouba y répondait avec des dessins des forêts qu'elle traversait, en Tanzanie, en Indonésie ou au Brésil, et dont elle ne gardait que la couleur et la lumière. Ses dessins étaient ses souvenirs, l'empreinte de sa réalité. De ses yeux à ses mains, les paysages devenaient tout autres, passés au tamis de son imaginaire, de sa perception. Ils devenaient des traces, continues et discontinues, superposées et juxtaposées, rouges et bleues, orange et jaunes, vertes, violettes, l'essence même de la géographie transcrite dans son éternelle conversation avec les rêves de l'esprit. Liouba et Talal ne se disaient toutefois que peu de choses de leurs vies, laissant au silence ce qui les constituait, leurs émotions, leurs discours intérieurs, leurs habitudes. Ce n'était que cela, des photographies et des dessins, une volonté commune de sauvegarder et de partager les lieux et les moments qu'ils avaient aimés, traversés, vécus.

Elle pensait à lui, c'était précisément ce qu'elle faisait, le journal abandonné sur ses genoux, le regard perdu devant elle, et soudain il fut là, debout à la réception de l'hôtel, comme si ses pensées l'avaient inventé. Les cheveux ébouriffés, mal rasé, avec son sac de voyage en bandoulière. Il arrivait directement de l'aéroport et ne l'avait pas encore remarquée. Il avait changé, depuis Aqaba. Son allure était celle d'un homme qui avait beaucoup voyagé, déjà, beaucoup vécu, même si elle ne savait pas exactement à quoi il devait ces traces de maturité sur son visage. Elle attendit qu'il ait fini de régler les formalités de son arrivée pour s'avancer vers lui. Il lui sourit quand il l'aperçut, s'approcha d'elle et lui fit la bise, une main sur son épaule. Elle respira son parfum et s'égara un instant à proximité de son corps. C'était de nouveau cette soirée de printemps sur la plage d'Aqaba, cette nuit qu'ils avaient passée à discuter et à danser, les pieds dans le sable, cerclés par l'ombre des montagnes, dans la lumière de la lune. Et à présent que la main de Talal s'attardait sur son épaule, la réalité semblait avoir vacillé par deux fois, Talal créé tout entier par son esprit, l'air marin d'Aqaba en provenance directe de ses souvenirs. Un monde réel et un autre, irréel, coexistaient à cet instant même, étroitement dépendants l'un de l'autre.

Ils s'étaient installés sur la terrasse de l'hôtel qui surplombait le front de mer devant un jus de bissap. La boisson était fraîche, sucrée, avec un goût d'hibiscus et une profonde couleur violette. L'air sentait la cendre et l'humidité. Il faisait lourd encore, longtemps après la tombée de la nuit.

— Tu as eu des nouvelles de ta forêt dans le désert ? demanda-t-il.

— Il paraît qu'on peut s'y promener maintenant sans voir le ciel à travers les branches. Les arbres sont déjà plus hauts que le keffieh de Babak Majali.

— Deux ans seulement.

— Deux ans. Et ce n'est pas fini.

Une certaine timidité, un vague inconfort subsistaient entre eux, et pourtant des sourires passaient furtivement sur leurs visages, comme s'ils trouvaient un motif de réjouissance dans chacune de leurs paroles, ou comme s'ils poursuivaient, en parallèle de leur conversation, un entretien sous-jacent dont seuls leurs yeux et leurs lèvres avaient connaissance.

— Tu as un reportage prévu après celui-ci ?

Il sembla vaciller, comme s'il n'était pas sûr de son projet ou hésitait à se confier.

— J'aimerais me rendre dans les camps de réfugiés en Turquie, répondit-il. Et trouver un moyen de passer la frontière syrienne. Mais je dois d'abord m'assurer d'une commande, pour ne pas y aller sans filet.

Elle garda le silence, songeuse. Elle pensait à Alep, aux images qu'elle en voyait chaque jour dans les médias. Aux bâtiments bombardés, aux murs écroulés, aux rues tachées de sang et de gravats. Elle concevait très bien qu'il puisse aller là-bas. C'était un ailleurs qu'elle parvenait tout à fait à imaginer, la silhouette de Talal et son objectif derrière une meurtrière. Elle ne doutait pas que ses photos puissent rendre, mieux que celles qu'elle avait déjà vues, l'enfer d'Alep assiégée.

— Quand on dîne entre reporters, à Berlin, reprit-il, on a tous une anecdote sur les endroits où on a voyagé. Ces anecdotes tiennent parfois en une phrase. Elles nous rassurent. Elles traitent de nos petits déboires, de nos petites habitudes, de ce qui nous ancre dans un quotidien presque normal. Parce que sans ces anecdotes, sans ces insignifiances, presque rien ne serait sûr ou familier. Seules les histoires désinvoltes que nous nous racontons rendent les choses plus acceptables. On ne parlera pas des corps des migrants découverts dans le désert de l'Afar. Ni des larmes des enfants séparés de leurs parents lors de leur exode entre l'Irak et le Liban. On parlera plutôt de la moustiquaire qui a été rapiécée avec du papier toilette et sous laquelle se glissait chaque nuit un gecko géant. Ou de l'alcool frelaté qu'on s'est risqués à boire et qui nous a rendus malades pendant une semaine.

À Beyrouth, il avait pris l'habitude de se réveiller chaque matin au chant du muezzin. Il allait dans la salle d'eau, depuis laquelle il l'entendait le mieux, par la grille d'aération. Il l'enregistrait avec le dictaphone de son téléphone portable. Au fil de ses missions au Liban, en Irak et en Égypte, il avait accumulé toute une bibliothèque sonore de chants de muezzins.

À Dadaab, au Kenya, sa chambre était envahie de criquets. Il s'était endormi après en avoir éliminé une dizaine. À son réveil, au milieu de la nuit, leur nombre avait doublé. Ils étaient tous là, regroupés autour du matelas. Et les cadavres de ceux qu'il avait tués avaient disparu. Emportés par leurs congénères ou dévorés par une créature plus grosse qu'eux.

— Nous avons un rituel aussi, dit Liouba, avec mes collègues de *Terre d'exil*. Nos reportages nous conduisent souvent vers des conditions climatiques extrêmes, des écosystèmes terriblement dégradés, des cas de conscience où la préservation de l'environnement ne pourrait se faire qu'au détriment de la survie économique et alimentaire de la population locale. On couvre les marées noires, les feux de forêts, les zones de sécheresse, les gisements miniers, les ports de pêche industrielle. On arpente les régions les plus reculées de la Terre pour y déceler leurs coutumes, y ausculter leurs pulsations. L'un de nous passera quelques jours dans le village le plus froid du monde en Sibérie, quand l'autre s'installera pour un mois à l'ombre menaçante d'un volcan indonésien. Malgré tout, nous cherchons, d'une certaine façon, à nous imaginer vivre dans ces endroits. Et nous rentrons à la rédaction avec des rêves de thébaïdes qui occultent souvent la réalité. C'est une forme d'hypocrisie paradoxale à laquelle il est pourtant facile de s'abandonner. C'est parce que nous ne parvenons pas à nous ancrer quelque part que nous finissons toujours par repartir.

Ils étaient les seuls clients sur la terrasse, dans la pesanteur de l'air nocturne. Talal profita de l'apparition d'un serveur sur le seuil de la baie vitrée pour demander deux jus de bissap supplémentaires.

— Et si tu devais n'en retenir qu'une – quelle serait ta thébaïde ? dit-il.

— Je l'ai peut-être trouvée en Tanzanie. Une petite auberge dans la forêt primaire de Mazumbai. Un toit en bois. Des livres dans la bibliothèque, des livres de voyageurs, des livres de botanistes, qui sentent la poussière et l'humidité. L'homme qui habite cette maison s'appelle Bahati Simango. Il a grandi à Dar es Salam, puis s'est installé au cœur de la forêt pour y ouvrir ce refuge. Il me disait qu'il aurait aimé veiller sur la réserve à l'aide d'un drone. Il s'imaginait le piloter depuis sa maison, pour parcourir le ciel sans quitter la terre. Il se rêvait sentinelle. Sentinelle moderne contre la déforestation. C'est un lieu qui s'est installé en moi. Est-ce que j'aurais pu vraiment y passer une vie entière ? Sans connaître d'autres endroits, d'autres forêts ?

Il l'écoutait en souriant, la dévisageait, semblait regarder en elle et y déceler quelque chose qu'il n'aurait pas pu deviner sans l'apercevoir, qui était là, sous ses yeux, comme un instinct ou un pressentiment. Il la trouvait très belle, un peu naïve, passionnée, et s'intéressait sincèrement à ce qu'elle disait. Il maintenait toutefois une forme de réserve, celle due entre des inconnus, malgré l'impression qu'il avait de la comprendre profondément.

— La géographie de tes voyages suit toujours celle du végétal, reprit-il. Les autres paysages ne te manquent pas ?

— Au fil de mes missions, je me suis habituée à l'écrin feutré des forêts. Je crois que les espaces ouverts m'impressionnent. Les déserts, les océans. Les espaces infinis. Il leur manque quelque chose. Un contraste. Un abri. Quelque chose qui les englobe, quelque chose de plus que le vent et la lumière.

Elle repensait au Wadi Rum. À cette époque, elle avait eu envie de ce désert, de cet infini, comme pour se libérer de l'étouffement qu'elle ressentait depuis la mort de ses parents. Mais cela n'était pas allé, au commencement, sans une forme de fascination morbide, intrinsèquement nouée à la peur.

— C'est la forêt de Babak Majali qui m'a fait renouer avec mon élément fondamental, ajouta-t-elle. J'ai compris que le végétal avait toujours eu cette place dans ma vie, à cause du métier de mon père. De chaque voyage, il nous rapportait, outre ses croquis, une fleur ou une feuille qu'il avait eu l'autorisation de prélever. Ma mère a complété, au fil des années, un véritable herbier. C'est avec ça que j'ai grandi.

— Je vois exactement ce que tu veux dire, répondit-il. Quand on naît au bord de la mer, c'est avec l'élément aquatique qu'on développe un lien particulier. J'ai passé les étés de mon enfance à apprendre, avec mon grand-père, la navigation le long des côtes, et parfois même plus loin, lorsqu'on partait des nuits entières, en secret, sans le dire à personne. C'était notre aventure, une histoire qui n'appartenait qu'à nous. Je crois que c'est comme ça que j'ai appris à aimer les départs, l'exploration. À aller vers un inconnu qui reste toujours à découvrir.

Elle ne le quittait pas des yeux quand il parlait. Le mystère de ses mots et de ses regards. Elle trouvait extraordinaire d'être là avec lui dans un hôtel de Monrovia. D'une rencontre de hasard, deux années plus tôt, était né quelque chose de plus, un lien hésitant et pourtant naturel, évident. Ils étaient deux membres d'une nation d'observateurs qui parcouraient la planète, inlassablement, pour en traquer les failles, pour en saisir les conflits, pour en enregistrer l'écho et s'en faire les porte-voix. Pouvant chacun comprendre que tout déplacement géographique se doublait inévitablement d'un long voyage intérieur, d'une intimité qui lui était propre, d'un état à part. Des envoyés, en transit, s'informant mutuellement de l'exil qu'ils partageaient et qu'ils avaient volontairement choisi. À lui, les confins des déserts, les frêles embarcations au clair de lune sur les plages de Méditerranée, les camps de tentes dans les prairies balayées par les vents. À elle, les forêts humides, les jungles de l'intérieur, les villages aux toits de chaume, les sentiers à peine tracés parmi les lianes et les graminées.

Le vent s'était levé sur la terrasse, un vent chaud venu des terres, qui soulevait avec lui le sable des rues et des plaines, les premiers souffles de l'harmattan.

Le soleil ne s'était pas encore levé quand Issa Camara gara son pick-up devant l'hôtel. Liouba ne l'avait jamais rencontré, mais elle lui avait parlé au téléphone, plusieurs fois, à Paris, pour préparer sa mission. Elle le reconnut aussitôt quand il passa la porte du hall. Il devait avoir une quarantaine d'années et portait une chemise jaune. Sa peau sombre augmentait le blanc de ses yeux. Il avait été élevé comme chasseur, d'abord, quand les habitants de son village vendaient la viande de singe et d'antilope et en nourrissaient leurs enfants. Mais tout avait changé, maintenant. Il avait rejoint les rangs des gardes de la forêt protégée du mont Nimba. Il serait leur guide à travers les routes périlleuses des terres intérieures, jusqu'à la frontière guinéenne, à quatre cents kilomètres de là.

Des volutes de fumée s'élevaient de feux de bois. Des silhouettes se dessinaient dans les phares du pick-up. La ville, déjà, était debout, active, et les premiers embouteillages du jour se créaient sur les boulevards, qui dureraient jusqu'au milieu de la nuit suivante. Un infini serpentin de vieilles Peugeot roulant le coffre ouvert. Des motards tentant de se frayer un chemin parmi la circulation. Des femmes aux paniers juchés sur leur tête, traversant entre deux voitures. Des enfants jouant sur la chaussée au bord des maisons en tôle. Des troupeaux de chèvres errant au milieu de la route. D'immenses mosquées apparaissant soudain derrière un arbre. Le soleil brillait désormais dans le ciel lourd d'humidité et de pollution, au milieu des immeubles désaffectés, des gigantesques panneaux publicitaires. Puis la ville s'ouvrit sur des collines coiffées de nuages, des champs de bananiers, des routes sableuses. Ils roulaient vers la frontière.

— Concrètement, comment protège-t-on une forêt ? demanda Talal.

Il était assis à l'arrière de la voiture, et faisait quelques clichés par sa vitre baissée. Il s'approchait du siège devant lui pour s'adresser à Liouba, qui avait pris place à côté d'Issa Camara.

— Tout d'abord, expliqua Liouba, il faut dresser les spécificités de la chaîne de valeur forestière, c'est-à-dire de l'ensemble des activités de production et des arrangements institutionnels qui favorisent, dans le pays, le développement du bois issu de forêts gérées durablement. Puis identifier les faiblesses dans ce processus, qui pénalisent son développement. Par exemple, si les populations locales ne perçoivent pas de revenus sur l'exploitation de la forêt, elles ne seront pas encouragées à y adhérer, et continueront les coupes illégales qui leur profiteront davantage.

Ils étaient secoués par la route cahoteuse, en déséquilibre permanent sur leurs sièges affaissés. Elle devait élever la voix pour se faire entendre parmi les bruits assourdissants du moteur et de la carrosserie.

— Il faut donc, reprit-elle, travailler main dans la main avec ces communautés, créer des zones dédiées à l'exploitation renouvelable de produits forestiers tels que le miel, les champignons et les plantes médicinales, qui leur bénéficieront directement. Puis, lorsque la forêt est soumise au braconnage, comme c'est le cas de la forêt du mont Nimba, il faut mettre en œuvre une gestion responsable de la chasse avec la collaboration de ces populations. En formant des villageois au métier de garde écologique, l'idée est de lutter contre les braconniers qui vident les forêts et privent ainsi les communautés de leurs moyens de subsistance. En parallèle, on peut aussi créer d'autres activités génératrices de revenus pour détourner les populations autochtones de la chasse. En incitant à l'ouverture de fermes dans les villages, notamment, les habitants seront plus intéressés par le fait de consommer le bétail que la viande de singe.

— Avant, intervint Issa, c'était la tradition en Guinée-Forestière. On chassait tout ce qui ne pouvait pas dire « ne me mange pas », à l'exception de notre totem, un animal qui aurait rendu service à l'un de nos ancêtres. Mais je ne veux plus tuer des animaux. Ce n'est pas bon pour notre écosystème.

— Qu'est-ce qui a changé pour toi, interrogea Talal, depuis que tu as arrêté de chasser ?

— Grâce à l'Unesco et aux organisations non gouvernementales qui œuvrent à la protection de la forêt, j'ai pu me former pour devenir écologue. Plusieurs fois par mois, je me rends dans la réserve du mont Nimba avec un moniteur GPS. Je traque les éventuels braconniers. J'effectue des relevés des indices biologiques que je trouve, des excréments, des nids, des empreintes. Puis j'envoie le tout aux institutions avec lesquelles je travaille.

La route déroulait son ruban de terre irrégulier devant eux. Elle s'étendait à perte de vue, sans jamais rencontrer d'embranchement, de direction alternative.

— Dans le cas du mont Nimba, poursuivit Liouba, définir une zone de réserve n'était que la première étape. Il faut ensuite être capable de la maintenir. Les pressions continuent à s'exercer sur ces forêts. Le commerce illégal de gibier, l'expansion des surfaces agricoles, l'exploitation commerciale du bois et de l'enclave minière située aux limites de la réserve continuent à mettre en péril son intégrité. Mon travail ici est de faire un compte-rendu de la situation.

— C'est l'heure du riz, dit Issa.

Ils s'arrêtaient souvent, dans les villages traversés, d'étape en étape, pour faire le plein d'essence, se désaltérer ou se rassasier. L'eau bue dans des sachets à l'arrière-goût de plastique. Une omelette à Salala et une assiette de riz à Gbarnga, assis sur des bancs dans des cases au toit de tôle, ouvertes sur la rue. Des bidons d'huile, des cagettes de piments rouges et d'arachides, un réchaud sur une planche en bois, des poules qui picorent les restes de nourriture. Les bruits et les odeurs des villages autour d'eux, et l'humidité, toujours l'humidité, qui les étreignait comme un océan.

— Nos forêts ont beaucoup souffert des flux de populations, dit Issa. Une nouvelle famille s'installe dans un village, et il faut lui attribuer des terres qu'elle pourra cultiver. Alors on coupe une parcelle de forêt pour en faire un champ. Et petit à petit, les constructions et les cultures gagnent du terrain sur la forêt. La réserve du mont Nimba a subi beaucoup de pression pendant les guerres voisines. Mais les villageois de Bossou et Doromou ont défendu la réserve du mieux qu'ils ont pu. Des rebelles libériens ont tenté de nous échanger des motos contre des parcelles de forêts qu'ils voulaient exploiter. On a refusé catégoriquement. C'est notre montagne. On est fiers de notre montagne.

Au passage de la frontière, des ficelles alourdies de sacs de sable étaient tendues entre deux arbres. C'était le dernier barrage policier avant la Guinée.

Ils arrivèrent à Bossou en milieu d'après-midi. Le village bourdonnait d'activité. Des hommes, de retour des champs, se désaltéraient sous le feuillage épais et dense de l'arbre à palabres. Ils s'assirent avec eux, devant la maison d'Issa, couverte d'une bâche qui lui tenait lieu de toit. Il les présenta aux villageois, puis à sa femme, Fatoumata, qui les avait rejoints. Elle leur offrit de l'eau et du café. Leurs trois enfants la suivaient de près. Ils vinrent leur serrer la main avec timidité, puis s'enfuirent, dans un éclat de rire, pour se cacher derrière la porte entrouverte de la maison. Au-dessus du village se dressaient les montagnes et les forêts du Nimba, vertes et noires, immobiles, enrubannées dans une brume vaporeuse. Ils virent passer une femme qui portait sur son dos, dans un foulard, une lourde charge végétale. Elle allait nourrir le bétail. Talal avait commencé à faire des photos. Il discutait avec un vieil homme appuyé à un bâton, le visage ridé, les yeux rouges. Il lui montrait l'écran de son appareil. Ils riaient ensemble. Liouba les regardait de loin. Une adolescente s'approcha d'elle et lui fit signe de la suivre, comme pour lui montrer quelque chose. Mais un groupe d'enfants surgit d'une maison voisine et se massa tout autour d'elle en riant et en criant, lui touchant les mains, la pressant de questions qu'elle ne comprenait pas. Quand elle se retourna, la jeune fille avait disparu.

Le soleil était tombé derrière le relief. Les maisons se fondaient à présent dans la nuit qui venait, bleue et violette, la nuit africaine, faite d'humidité et de chaleur, de ténèbres et de lumière. Ils rentrèrent chez Issa Camara pour le dîner et s'installèrent dans la brise d'un ventilateur à bout de souffle, sur des banquettes en tissu. Fatoumata leur apporta du *yétissé* qu'ils partagèrent au fond d'un même plat, avec du pain.

Le plus jeune de leurs enfants s'était glissé entre les pieds de Liouba. Il lui attrapait la main. Elle riait. Des mots de guerzé se mêlaient au français. Ils discutèrent de la vie du village et de la politique du pays. Le frère de Fatoumata s'était récemment séparé de sa femme, mais ils continuaient à habiter ensemble, avec leurs enfants, parce que le divorce n'était pas autorisé par la communauté. À Conakry, la capitale, les partisans de l'opposition persistaient à dénoncer les dérives autoritaires du pouvoir, et à se rassembler malgré les efforts de la police pour les disperser. Après le dîner, Issa et Fatoumata quittèrent le salon pour s'occuper de leurs enfants. Talal et Liouba demeurèrent dans la pièce assombrie, sous l'ampoule nue accrochée au plafond. Ils parlaient à bâtons rompus, apprenaient à mieux se connaître.

— Istanbul me manque beaucoup, expliqua Talal. Quand j'y retourne aujourd'hui, pour une escale sur la route d'un reportage, ou pour rendre visite à mon grand-père, je ressens une émotion particulière, une appartenance mêlée à un profond déracinement.

Avant sa naissance, Amal et Albert Sariel, ses parents, habitaient un peu partout dans le monde, au gré de leurs missions d'équipage à bord des avions de ligne d'une compagnie turque. Ils rentraient peu souvent à Istanbul, où ils possédaient toutefois un appartement. Leur quotidien était celui des hôtels d'aéroports, orphelins du ciel, sans attache et sans patrie.

— Il y a parfois, reprit-il, dans le fait de savoir que l'on est né quelque part, une forme de secret intime, une part d'exotisme gardée au fond de soi, une part de rêve attachée à ce lieu qui se rappelle à nous sur notre passeport, sur notre carte d'identité, mais nulle part ailleurs, et qui, en cela, nous appartient pleinement.

Tout en discutant, Talal préparait son matériel photo, testait les objectifs, rangeait ses cartes mémoire dans une petite pochette imperméable. Liouba était assise en tailleur sur la banquette.

— Quand je suis retournée à Moscou après la mort de mes parents, tout avait changé. J'étais comme exclue de mes souvenirs d'enfance. Exclue du langage même qui m'entourait et qui me repoussait sans cesse à la frontière des choses, dérobant le sens, dissimulant la signification. Car j'avais peu à peu oublié la langue de ma mère quand nous étions rentrés en France.

Un enfant les épiait derrière le rideau. Quand ils tournaient la tête vers lui pour lui sourire, il s'éloignait. Et réapparaissait, immanquablement, lorsqu'ils reprenaient leur conversation.

— Est-ce que tu as, parfois, l'impression que tes parents te parlent ? Qu'ils essaient de te dire quelque chose ? lui demanda Talal.

— Je pressens souvent une forme d'instinct, répondit-elle, quelque chose qui vient du fond de moi et dont je sais que je ne suis pourtant pas, consciemment, à l'origine. Comme si, malgré moi, une réaction ou une réflexion m'était communiquée par autre chose. Les gènes, sans doute. L'héritage de leurs gènes.

— Les miens m'apparaissent parfois en rêve. J'ai reconstitué leurs visages d'après les photos que mon grand-père me montrait d'eux. Jeunes, éternellement jeunes. Vingt-sept, vingt-huit ans. À peu près mon âge aujourd'hui.

— Et que te disent-ils ?

— Ils m'incitent à fuir.

La lumière dans la pièce vacilla, puis s'éteignit complètement, emportant avec elle le dernier souffle du ventilateur. Fatoumata leur apporta une bougie, puis elle repartit dans la cuisine. Les enfants jouaient dans le noir dans la pièce voisine.

— Mes missions, reprit-il, sont de plus en plus difficiles pour Alda, ma compagne.

Liouba le regarda avec surprise. Elle découvrait l'existence de cette femme pour la première fois. Pourquoi lui disait-il cela ? Ou plutôt – pourquoi seulement maintenant ? La première chose qui lui vint à l'esprit fut leurs échanges de ces derniers mois. Ces infinis échanges picturaux entretenus au fil des semaines, au fil des reportages. Elle se disait maintenant qu'ils renfermaient, en creux, la présence invisible d'Alda. Puis elle repensa à la plage d'Aqaba. Au feu de camp, à la jeunesse qui danse. À l'étreinte de Talal au rythme d'un rap arabe. Elle ne comprenait pas comment il avait pu passer cela sous silence. Enfin, elle comprit. Sa réserve, la distance qu'il entretenait savamment. Ses signaux contradictoires. Il était comme un bateau, amarré à cette femme, alors que vu du rivage sur lequel elle se tenait, il lui avait paru libre et sans ancrage.

— Je crois, poursuivit-il, qu'elle aimerait fonder une famille. J'ai peur, de mon côté, qu'une famille mette fin au voyage.

En vivant à l'intersection de ces départs et de ces retours, Talal et Alda ne faisaient que se croiser. Mais c'était bien vers elle, Alda, qu'il revenait, mission après mission. Liouba se taisait. Elle essayait de rassembler des éléments de réponse. Quelque chose, n'importe quoi – des mots pour masquer son émotion et sa douleur.

— Peut-être que l'amour, dit-elle, est cette tendance à la réunion de ce qui est séparé. Conditionné donc par le fait que l'autre reste insaisissable. Pour que puisse naître ce mouvement, cet élan perpétuel et légèrement désespéré. Qui nous ramène toujours à lui.

Il devina le trouble qu'elle dissimulait derrière sa volonté d'analyse, le fractionnement de sa phrase. Son visage s'était assombri, et elle contemplait fixement la couverture sur laquelle elle était assise.

— Peut-être que tu as peur que dans l'immobilité, l'amour ne disparaisse, ajouta-t-elle.

— Tu veux une cigarette ? proposa-t-il.

La diversion fut bienvenue. Ils sortirent fumer à la porte de la maison. Un croissant de lune était suspendu à la cime d'un palmier. Plus loin, dans le village, des bruits de voix, des rires résonnaient dans le noir. Issa passa devant eux avec un sourire et leur souhaita bon repos. Il s'éloigna dans la moiteur de l'obscurité.

Face au lavabo de la petite salle d'eau, Talal et Liouba se tenaient debout tous les deux, dans la lumière tremblotante d'une bougie. Il n'y avait pas de robinet, seulement une vasque reliée directement à la terre. Il lui tendit un savon qui sentait la fleur d'oranger, puisa de l'eau fraîche dans une bassine en plastique posée sur le sol, et la versa sur les mains de Liouba. Il recommença encore une fois, puis elle l'imita à son tour, puisa l'eau, la versa sur les mains de Talal, au-dessus de la vasque. Le rituel était d'une sensualité inattendue. Ils souriaient, liés par cette intimité qui ne peut se créer qu'en voyage, cette communion de deux êtres éloignés de chez eux, liés par l'illusion d'un présent éternel.

Ils s'allongèrent sur les banquettes dans la petite pièce où ils avaient dîné. La bougie continuait à brûler sur la table basse, projetant des ombres immenses sur les murs de craie. Étendu sur le dos, il leva ses mains et les joignit pour créer la silhouette d'un loup, d'un aigle, d'un cerf. Elle rit, lui répondit avec l'ombre d'un lièvre. Puis ils restèrent immobiles, à l'écoute des bruits nocturnes autour d'eux, le vent contre les murs, l'écho des voix extérieures. Elle pensait à Alda, cette ombre esquissée entre eux, et qui pourtant ne semblait pas avoir plus de réalité que celles du bestiaire projetées sur les murs. Ils étaient seuls au monde. Seuls, l'un avec l'autre.

— J'éteins la bougie ? dit-il à mi-voix.

Elle acquiesça d'un signe de tête. Quand il souffla la flamme, ses yeux s'accrochèrent aux siens. Ce fut la dernière image qu'elle vit avant la nuit.

Le matin était fait de blanc et de brouillard. Ils étaient entrés dans la forêt comme dans une caverne, par une porte ouverte dans le mur végétal. De l'orée de la réserve au sommet du mont Nimba, il fallait compter plus de vingt heures de marche, qu'ils allaient accomplir sur plusieurs jours, fractionnées d'étapes. Daouda Souma s'était joint à Issa pour les accompagner. Il était l'un des porteurs du village, l'un de ceux qui connaissaient le mieux la jungle du Nimba. La règle pour s'y aventurer était stricte : être toujours au minimum deux personnes, le garde et le porteur. Daouda, sandales aux pieds, soutenait sur sa tête un sac qui contenait les casseroles, la nourriture et les tentes. Son père était guide avant lui, et lui avait transmis le savoir de la forêt, comment ouvrir des sentiers à l'aide d'une machette et écorcher les arbres pour retrouver son chemin.

Cheminer dans la brume avait quelque chose d'irréel. Seules se discernaient les silhouettes noires des fromagers endormis qui s'étaient refermés sur eux – ils les retenaient, prisonniers volontaires d'une forêt feutrée, protectrice. À chaque pas, leurs esprits s'égaraient davantage, comme hypnotisés par l'éternel ballet des ombres, par l'incessant chant des singes et des oiseaux qui faisaient bruisser les feuilles et craquer les branches. Ils les guettaient sans jamais les voir apparaître, ne voyant passer que les nuages. Les nappes de brume flottaient un moment devant eux, ils s'aventuraient dans leur mystère, et quand ils fermaient les yeux, elles étaient encore là. À travers les arbres, derrière leurs troncs tortueux, ils croyaient voir filer des formes blanchâtres de fantômes, des silhouettes d'êtres humains, et ils pensaient toujours, vaguement inquiets, aux ethnies autochtones des forêts sacrées, les Toma et les Mano, les Kissi et les Guerzé, prêts à voir surgir, derrière un arbuste, la corne dressée de leurs masques en bois.

— Depuis plus de vingt ans, expliqua Issa, des combats opposent les ethnies forestières aux groupes d'origine mandingue, venus de Haute-Guinée, qui accaparent les terres, imposent leur langue et leur religion, l'islam. Ces discordes ont été renforcées par la guerre civile frontalière au Libéria. À l'époque, notre président soutenait les opposants libériens, qui appartenaient à un groupe mandingue, et a favorisé leur installation en Guinée-Forestière. Depuis, des camps de réfugiés libériens et sierra-léonais ont été fondés à Kouankan et Guékédou. Le mélange de toutes ces populations a entraîné de nombreux affrontements. Vous êtes ici au cœur de la poudrière.

Talal regardait Liouba qui sautait légèrement d'une racine à l'autre, et qui avait l'air d'appartenir à cette forêt, tombée d'une branche peut-être, créature des bois. Partout, autour d'eux, c'était la force vitale de la forêt primaire et de sa végétation serpentine. La pluie ruisselait des feuillages et mettait les arbres en mouvement de telle façon qu'ils semblaient eux aussi être en train de marcher. Leurs yeux se perdaient dans les régions les plus sombres, les plus denses, celles où tout disparaissait sinon la forme et la couleur des feuilles, qui emplissaient pleinement le regard. Lorsqu'ils trouvaient des empreintes d'animaux ou des traces humaines, Issa en relevait la géolocalisation sur son moniteur. Ils découvraient parfois des pièges, abandonnés par les trappeurs, enfouis sous la litière de feuilles qui recouvrait le sol, qu'ils ramassaient et emportaient dans un sac en toile.

— Pour la petite histoire, dit Daouda, c'est la déesse Nimba qui a donné son nom à ces montagnes. Elle est vénérée par les Baga, une autre ethnie qui habite la Guinée-Maritime, à plus de mille kilomètres d'ici. Elle est la garante de la fécondité des femmes et de la fertilité des champs. Lors des récoltes rituelles des forêts sacrées, lors des mariages, on pouvait voir flotter son masque au-dessus de la foule. Elle a aujourd'hui été prohibée par l'islam. C'est un autre exemple de la complexité des clivages ethniques et religieux qui irriguent notre pays.

— Bon, dit Issa. C'est l'heure du riz.

C'était sa façon de couper court aux conversations, comme si la faim s'activait en lui à l'instant précis où il s'en lassait.

À la tombée du jour, ils s'arrêtaient dans des camps de base, destinés aux gardes et délimités par quelques morceaux de bois, entre lesquels ils dressaient leurs tentes pour la nuit. Les couleurs de la forêt se modifiaient au crépuscule, estompaient le contour des arbres et faisaient naître un nouveau concert, dans lequel les insectes nocturnes prenaient le relais des oiseaux et des singes. Peu à peu, le monde s'effaçait sous leurs yeux. Seules demeuraient les ombres de la forêt. Ouverte sur le ciel nocturne, la canopée leur laissait parfois apercevoir la lune entre les branches et les nuages, mais sa lumière était trop faible pour traverser pleinement la frondaison des arbres. Elle leur parvenait sporadiquement, comme une veilleuse tremblotante. Daouda cuisinait le riz. Liouba interrogeait Issa, prenait des notes, assise en tailleur contre son sac à dos. Avait-il identifié le réseau des braconniers, leur origine ? Combien d'armes de chasse, combien de pièges avait-il saisis ? Quelles espèces animales étaient principalement chassées ? Recevait-il des propositions de financement de la part des sociétés qui exploitaient les mines de fer ? Avait-il pu veiller à la réhabilitation des plantations d'arbres à caoutchouc qui empiétaient sur la réserve ? Ces zones se régénéraient-elles naturellement ?

Bercés par le hululement du vent à travers les lianes, ils s'endormaient à l'abri de leurs tentes. Au matin, ils se remettaient en marche sur la crête des montagnes forestières.

Talal photographiait en chemin, s'allongeait parfois dans la terre pour obtenir un plan large de la forêt, capturait les traces de la faune qui la peuplait, et parfois les animaux eux-mêmes, qui s'étaient habitués à leur présence, apparaissaient à travers les feuillages. Deux chimpanzés en plein repas, qui suspendirent leur festin de cocotas pour observer leur passage. Un picatharte prenant son envol, éclat doré sur fond végétal. Un caracal endormi sur une branche avec la nonchalance d'un chat. Et même, par chance, le très rare crapaud vivipare, qu'ils aperçurent au sommet du mont Nimba, dans les fissures d'une roche, immobile et luisant. Liouba s'intéressait aux essences d'arbres, de lianes, de fleurs et de fougères. Elle avait commencé à dessiner au cours de ses missions passées, en gardant en mémoire les croquis de son père qui avaient bercé son enfance. Sans avoir toutefois son expertise botanique, elle avait hérité de son coup de crayon et de sa patience face aux choses immobiles. Elle s'arrêtait parfois pour écrire, pour dessiner, appuyée contre un tronc d'arbre, lorsque l'équipe s'accordait un temps de repos. Talal avait pris l'habitude de la taquiner à propos du décalage qu'il y avait entre leurs façons de capturer le réel. À lui, l'immédiateté de la photographie numérique, la force du regard et les nuances objectives. À elle, la lenteur de l'écriture, les méandres des phrases et la transcription de la complexité. Ils en débattaient parfois pendant des kilomètres, à mi-voix, tandis qu'Issa et Daouda ouvraient le chemin devant eux. Talal appréciait la réserve de Liouba qui disséminait malgré tout quelques indices de séduction. Tout était possible. Rien n'était certain. Il était perdu dans l'immensité des signes, lisibles et illisibles, qui émanaient d'elle, contradictoire, spontanée, mystérieuse. Elle lui adressait des regards et des sourires, des gestes à la maladresse feinte, une main sur son bras pour mieux lui désigner une plante – toutes ces déclarations de désir à ce point inouïes, à ce point infimes qu'elle les pensait imperceptibles. Elle ressentait physiquement cet élan qui les projetait l'un vers l'autre, et la paroi de verre qui les séparait. Et c'était, à chaque pas, à tout moment, le cœur qui bat trop fort, une forme de nausée, les abîmes du vertige. La joie pourtant, la force vitale. L'envie de tout. Tout sauver. Tout quitter. Ne rien changer. Tout recommencer. Rester là. Dans l'immobilité d'un présent impossible. L'avenir n'existait pas. Il n'était que projection. Image devinée. Mystère insondable. Liouba attendait dans l'indécision terrible et sensuelle du voyage.

— Il y a quelque chose de fort entre Talal et toi, lui avait dit Issa alors qu'ils marchaient côte à côte, un peu en arrière.

Elle l'avait regardé avec stupeur, essoufflée par la chaleur et l'humidité qui montaient du sol, tombaient des feuillages.

— Je ne vois pas ce que tu veux dire, s'étonna-t-elle.

— Bon, dit-il. On dirait que vous avez voyagé ensemble toute votre vie.

Pendant près d'une semaine, ils avaient ainsi arpenté la forêt. Elle, couvrant son carnet de notes et de croquis. Lui, remplissant la mémoire de son appareil photo de plusieurs centaines de clichés. Le dernier soir, ils s'étaient retrouvés seuls après qu'Issa et Daouda avaient rejoint leurs tentes pour la nuit. Quelque chose les maintenait là, en éveil. L'envie de profiter encore du silence de la forêt, de la dernière nuit dans son refuge. La conscience de l'unicité de ces moments, du privilège qu'ils avaient de se trouver dans l'un des derniers lieux préservés de leur monde. À l'abri de tout.

L'ombre était totale autour d'eux. Talal ne parlait pas. Liouba accueillait son silence, cherchait un moyen de formuler les pensées qui tournoyaient en elle, qui l'avaient accompagnée tout au long du voyage. Elle hésitait, s'apprêtait à se lancer puis se taisait, laissait s'écouler quelques minutes encore. Elle finit par prononcer les premiers mots qui glissèrent de son esprit.

— Ce que j'éprouve pour toi n'a pas de sens. Je te connais peu. Je découvre que tu n'es pas libre. Je pensais que tu n'étais qu'un fantasme né du désert. Mais tu es plus que cela. Te revoir me fait dire que tu es plus que cela.

Il semblait s'être attendu à ces mots-là, exactement. À ce qu'elle parle la première, et qu'elle lui dise exactement cela. Il savait qu'ils allaient devoir en passer par là. Une conversation. Parce que les gestes et les regards entre eux étaient devenus trop forts pour ne pas entrer dans le règne de la parole, de ce qui devait être exprimé. C'était la seule façon, peut-être, de les désamorcer. De désamorcer la montée des sentiments qui les avaient bouleversés tout au long de cette semaine. Un monde possible était né, une hypothèse : entre eux, quelque chose pouvait exister. Une affection particulière, une tendresse, qui n'était pas que du désir, qui n'était pas tout à fait de l'amour. C'était autre chose – mais quoi ?

— Depuis Aqaba, j'ai souvent pensé à toi, souffla-t-il. J'avais envie de te revoir, de vivre quelque chose avec toi. Je m'expliquais mal pourquoi. Je n'ai pas cherché à comprendre.

— Pourquoi es-tu venu à Monrovia ? questionna-t-elle. Dis-moi que ce n'était que pour le filon d'un bon reportage. Cela m'aidera peut-être à relativiser.

— J'avais envie de nous offrir un moment privilégié. Mais cela ne rime à rien. Les parenthèses ne mènent jamais nulle part. Elles se referment, tout simplement.

Il souffrait de formuler ces mots qu'il ne pensait pas, mais qui lui semblaient être les seuls possibles. Il n'avait jamais ressenti ce trouble, ce désir. Avec Liouba, c'était quelque chose d'inconnu, de nouveau, qui lui faisait peur. Ce qu'il avait tenu pour acquis tout ce temps vacillait dangereusement depuis leurs retrouvailles. Le fait de rester fidèle à une femme pour finalement rester libre, ne pas perdre de temps à explorer d'autres possibles. L'équilibre et la paix trouvés avec Alda étaient ce qu'il lui manquait dans les autres champs de sa vie. Il pressentait que le risque était trop grand de succomber à son attirance pour Liouba. Une désorientation si forte, la rupture de la seule ancre qui l'avait maintenu au rivage depuis qu'il couvrait des zones de guerre.

— Dans une opération mathématique, énonça Liouba, les éléments entre parenthèses sont à traiter en priorité. Sans quoi le résultat final est faux.

Autour d'eux, tout n'était que profondeur. Profondeur d'obscurité et de silence. Elle ne voyait pas Talal, mais tous les signes de sa présence étaient exacerbés, dans cette tentation tonitruante, habitée par la nuit et le couvert de son invisibilité. Leurs mains se trouvèrent dans le noir, et ce fut soudain leur seul repère, quelques centimètres de peau fine tendue sur des os, un contact imperceptible et pourtant déjà défendu, comme un premier baiser. Dans leurs mots, la résistance encore. Dans leurs gestes, l'abandon déjà. Elle appuya son front contre son épaule. Elle pouvait sentir l'odeur de sa peau. Le vertige. La désorientation. Il passa son bras derrière son dos. L'immobilité. Les ténèbres. Il l'attira vers lui avec précaution, comme pour ne rien briser, comme pour ne pas la briser. Entre eux, rien n'était possible. Seulement la chimère de ces moments forestiers, qui étincelaient déjà dans le sombre du passé. En silence, il rompit l'étreinte, s'écarta légèrement d'elle. Ils demeurèrent ainsi un long moment, seuls, au cœur de la forêt, au cœur de la nuit.

Au matin, elle émergea de sa tente avec les cheveux emmêlés et les yeux gonflés. Elle était belle, comme si l'engourdissement du réveil apportait plus de douceur, plus de rondeur à son visage, une sérénité qui lui manquait le reste du temps. À son regard vague, il sut qu'elle était prise, elle aussi, de ce regret des profondeurs, de l'envie de s'y perdre encore. Que la nuit avait été empreinte de cette douleur intime et fantôme de leurs corps qui ne se trouvaient pas dans le noir.

— Laisse-moi t'aider, dit-il tandis qu'elle repliait sa tente.

Ils échangèrent un regard. Leurs mains se frôlèrent. Le matin à présent versait sa lumière grise sur le souvenir lancinant de leurs aveux nocturnes.

Il leur fallut encore une partie de la journée pour parcourir les derniers kilomètres qui les séparaient du village de Bossou, où ils dirent au revoir à Daouda. C'était la fin du voyage. La parenthèse se refermait. Ils allaient reprendre la route de Monrovia avec Issa, rouler en sens inverse, et la route défilerait lentement, leur laissant le temps de faire le deuil d'un monde qui s'effacerait peu à peu devant leurs yeux.

Le soleil déclinait à l'horizon, inondait le paysage de scintillements. Un tourbillon sensoriel s'engouffrait par leurs fenêtres baissées. Aux odeurs de poisson et de riz cuit, de feux de bois et de gaz d'échappement, se mêlait la senteur capiteuse de la végétation humide et de la terre gorgée d'eau de pluie. Rien ne pouvait détacher leur regard du paysage qui défilait. Du linge qui sèche dans les fossés broussailleux. Des enfants qui marchent avec des seaux d'eau sur la tête. Des familles qui se baignent dans les eaux stagnantes des rivières. La couleur indigo des boubous de cotonnade. Des voitures en panne en bord de route, capot ouvert ou conducteur penché sur un pneu.

Ils firent une dernière étape à Salala pour acheter du riz qu'ils mangèrent assis dans la remorque du pick-up, dans le poudroiement du soleil couchant. Le crépuscule nébuleux annonçait un orage à l'approche. Le réseau téléphonique regagnait un peu de vigueur pour leur permettre de recevoir quelques nouvelles du monde, mais n'était pas suffisant encore pour leur permettre d'en envoyer. Cela faisait plus d'une semaine qu'ils étaient injoignables. À la nuit tombée, des éclairs illuminèrent l'horizon. Avec les phares du pick-up, ils étaient la seule lumière qui venait éclairer leur route. Les villages succédaient aux forêts qui succédaient de nouveau aux villages. Les muezzins lançaient leur dernier appel à la prière. Au détour d'une route, un gigantesque feu de pneus illumina l'obscurité. De loin en loin, des klaxons se perdaient dans la nuit. À l'entrée de Monrovia, ils furent pris dans les embouteillages. Des enfants leur proposèrent des bananes, des mangues et du maïs soufflé par leurs fenêtres baissées.

Ils eurent de la peine à se séparer d'Issa devant l'hôtel de la première nuit. Ils restèrent longtemps tous les trois, à se serrer la main, à échanger des plaisanteries et des promesses de retour.

— Continue à veiller sur le Nimba, requit Liouba. Tu en es le gardien.

— Veillez l'un sur l'autre, répondit Issa avec un regard entendu.

Il semblait tout prêt encore à se faire, jusqu'au bout, l'intermédiaire d'un amour périlleux.

À l'hôtel, ils prirent enfin la douche dont ils avaient tant rêvé, sans se l'avouer, dans la forêt. Elle trouva une robe au fond de sa valise, une robe à fleurs, une robe d'été, celle qu'elle prenait toujours avec elle, en mission, au cas où les circonstances lui imposeraient de s'habiller élégamment.

Ils se retrouvèrent sur la terrasse comme au premier soir. Assis côte à côte, ils parcouraient les photos que Talal avait sauvegardées sur son ordinateur portable. Leurs visages s'approchaient parfois lorsqu'ils se penchaient vers l'écran. Il y avait des portraits de Daouda Souma et Issa Camara, balayés par la lumière crépusculaire qui tombait des cimes de la forêt. Des clichés des enfants du village de Bossou. Des silhouettes de fromagers qui s'élançaient vers le ciel, leurs racines solidement ancrées dans la terre. Des présences animales, suspendues à des branches, camaïeu de plumes, yeux brillant à travers les feuillages. Ses photos étaient pour lui comme autant de talismans. Elles devenaient, à chacun de ses reportages, ce qu'il avait de plus cher au monde. Des objets immatériels, précieux, des ancres, des icônes. Une manière de s'approprier le réel sans le posséder, de l'intérioriser. Une part de lui-même.

— Tu penses que ça plaira à ton rédacteur en chef ? demanda-t-il.

Les yeux de Liouba s'illuminèrent. Bien sûr que cela lui plairait. Les clichés étaient magnifiques. C'était exactement ce qu'elle avait espéré.

— Comment s'appelle-t-il, déjà ? ajouta-t-il.

— Emmanuel Frémond, répondit-elle. Avant de diriger *Terre d'exil*, il avait fondé un premier journal qui s'appelait *La Poésie Ce Matin*.

— C'est un nom étrange, pour un journal, s'étonna-t-il.

— Il m'a raconté que son entreprise était alors si petite que son nom n'avait même pas été inscrit sur la plaque d'accueil, au rez-de-chaussée de l'immeuble où se trouvaient ses bureaux. Cette omission avait été un véritable coup au cœur pour lui, si bien qu'il avait profité d'une longue soirée de travail pour effectuer une descente discrète dans le hall principal, armé d'un marqueur, rajoutant un « Et La Poésie ? » rageur sur la plaque fautive. Cette inscription mystérieuse avait par la suite fasciné les employés des autres entreprises. N'ayant jamais entendu parler du journal de Frémond, ils y avaient vu un manifeste contre le prosaïsme de la modernité.

— Un personnage de roman, dit-il.

— Le genre de personnage à avoir une certaine grâce, même sous un parapluie rose et vert. La grâce de se battre pour quelque chose qui est en train de disparaître. La presse écrite. Les écosystèmes naturels. Pour lui, la lutte est une entreprise. Un engagement total.

Puis, naturellement, en revenant sur leurs voyages passés, Talal et Liouba avaient commencé à se montrer l'un à l'autre les endroits qui les avaient marqués. Ils voyageaient, virtuellement, face à l'écran qui affichait la carte du monde, et ils se transportaient, en quelques clics, vers des contrées qu'ils avaient connues, vers les vergers de Kolomenskoïe ou l'île de Büyükada, vers les rues de Beyrouth ou la forêt de Mazumbai. Et, chaque fois, les lieux eux-mêmes apparaissaient, entiers, tangibles, grâce aux millions de pixels qui matérialisaient, en quelques secondes, la vue satellite de leur réalité. La virtualité semblait soudain plus réelle que le réel lui-même. L'imagination devenait part de leur vérité.

En discutant, en naviguant, ils se rapprochaient l'un de l'autre imperceptiblement. Leurs genoux se frôlaient. Talal ressentait la chaleur qui émanait de la cuisse de Liouba, nue sous sa robe d'été, abandonnée contre la sienne. À mesure que la soirée avançait, leur conversation s'imprégnait d'une forme d'urgence. Il leur semblait saisir, pour la dernière fois, la chance d'oser dire, l'audace de former des mots qu'ils ne pourraient plus que taire après la fin du voyage. Ils reprenaient le fil, tacitement, de leurs aveux nocturnes dans la forêt.

— Si seulement, soupira Liouba, je ne voyais pas ton visage quand je ferme les yeux. Si seulement je n'entendais pas ta voix quand tu n'es pas là.

— Si seulement, poursuivit Talal, on tombait amoureux avec raison. Si seulement la raison nous empêchait de tomber amoureux.

Il y avait encore, dans leurs paroles, cette distance qu'il mettait toujours entre lui et le monde, et sa distance à elle, une distance entre le réel et son imaginaire. Liouba avança sa main vers le bras de Talal. Y posa délicatement sa paume, comme si elle redoutait la brûlure.

— Tu es la seule, dit Talal, à m'avoir fait douter au cours de ces années passées avec Alda. C'est comme si tu me donnais des ailes, alors que j'ai davantage besoin d'être ancré sur terre que perdu dans l'immensité d'un ciel sans horizon.

Liouba resta muette. Elle avait l'impression de vivre une rupture avec lui, sans qu'ils se soient laissé une chance de s'aimer peut-être avant de se quitter. De la forêt du mont Nimba à cet hôtel de Monrovia, la symétrie s'instaurait, définitive, entre la nuit de leurs aveux et la nuit de leurs adieux. Rien d'autre ne leur avait été accordé, finalement, que ces instants furtifs, davantage empreints de résistance que de liberté. Ils avaient écrit leur fin avant même d'avoir esquissé leurs débuts.

— On devrait rentrer, maintenant, dit-il. On a un avion à prendre.

— Je vais devoir m'habituer à ce qui va nous séparer, constata-t-elle.

— Les avions ?

— La réalité.

Ils étaient deux voyageurs. Voués à se comprendre. Voués à ne jamais se retrouver.

Ils quittèrent la terrasse peu avant minuit. Ils s'arrêtèrent entre les deux portes voisines de leurs chambres, se regardèrent avec un demi-sourire, une ironie teintée de tendresse, se regardèrent un peu trop longtemps.

— Bonne nuit, dit-elle.

Il vit ses yeux qui brillaient dans le clair-obscur du couloir. Elle cherchait le mur derrière elle comme un appui contre la faiblesse de ses jambes. Elle se tint longtemps à un pas de lui. Immobile. Muette. Statufiée. Il savait tout de sa douleur. Il savait tout de son désir. Est-ce qu'un baiser, à cet instant, aurait brisé l'enchantement plus rapidement que le passage du temps ? Au large, le bateau dansait, mais son ancre invisible le privait de liberté. Il restait amarré à ces vagues et ces vagues le retenaient loin d'elle. Ils n'auraient pas pu. Il leur manquait l'espace, le temps et, peut-être, la faveur du destin. Car il y a des amours qui naissent du néant et qui n'ont d'existence que dans les limbes. Des amours mort-nées. Ces amours-là ont la saveur exquise et douloureuse de ce qui est impossible. Rien de plus ne fut dit, à cet instant-là. Il ouvrit les bras et elle se réfugia dans son étreinte. Elle posa ses lèvres sur sa tempe. Il laissa glisser ses mains dans son dos jusqu'à ses hanches. L'étoffe de sa robe se chiffonnait sous ses mains. Il l'embrassa entre le cou et l'épaule, sur la partie dénudée de sa peau. Leurs lèvres se rapprochaient, se frôlaient sans se toucher, sans s'embrasser, interdites, hors d'atteinte.

Ils en restèrent là. Leur désir demeura suspendu à l'orée de leurs corps. Ils s'écartèrent l'un de l'autre sans se quitter des yeux, reculèrent pas à pas jusqu'aux portes de leurs chambres. Y entrèrent en silence. Seuls au monde. Abandonnés. L'un sans l'autre.

Ils voyagèrent. Dans l'avion du retour, ils s'endormirent en inclinant doucement leurs têtes l'une contre l'autre. Devant eux, suspendu aux coffres à bagages, un écran diffusait les images d'un vieux film en noir et blanc. Une lumière douce et ouatée émanait du hublot, le défilé multiforme des nuages de haute altitude. C'était comme si le sommeil abolissait les frontières entre elle et lui. Comme si dans le ciel, ils n'appartenaient à personne. Libres.

Quand l'avion atterrit pour une escale à Lisbonne, il attrapa pour elle sa valise. Leurs mains s'entrechoquèrent lorsqu'il la lui tendit. Tous les gestes entre eux étaient lents, tendres et tristes. Chaque contact, provoqué ou inattendu, les électrisait. Dans le terminal et dans la foule, à l'endroit où ils devaient se séparer pour rentrer chacun chez eux, elle à Paris et lui à Berlin, elle le serra dans ses bras à lui en faire perdre l'équilibre. Ils restèrent longtemps dans cette étreinte, bousculés par des inconnus voyant peut-être en eux le couple qu'ils n'étaient pas. Puis il l'embrassa sur le front et s'écarta d'elle. Ils se regardèrent encore longtemps en se quittant. Leurs mains restèrent liées jusqu'à ce que l'éloignement de leurs corps les force à lâcher prise.

2040

Le Groenland était le dernier espoir. L'ultime septentrion d'un monde en débâcle. Un souvenir de l'hiver dans ses glaciers érodés. Jaya y était parvenue en bateau, longue traversée fantomatique, dans la blancheur obscure du désert nocturne, à travers les reliques d'icebergs. Voie lactée océanique. Champs de coton jusqu'à l'horizon. De leur harmonie bleue, grise, montaient les soupirs de mille géants invisibles, qui rugissaient et qui toussaient, et dont l'écho se portait jusqu'au large, comme la voix de leur mélancolie.

Le bateau avait suivi les icebergs sur des dizaines de milles avant que les rivages n'apparaissent. Sur les plages, la neige et le sable se mêlaient dans une même texture, le vent les façonnait de la même manière, laissant l'empreinte de son souffle à leur surface, les dispersant ou les rassemblant, noces éternelles et tumultueuses d'un couple aimanté par la distance. Puis ce fut le port d'Ilulissat et sa nuit d'outremer. Les toits noyés du premier village, reconstruit désormais un peu plus haut. Juché sur les massifs de granit, un observatoire était tourné vers le glacier Kangia. Le long baraquement en bois noir était surmonté de petits dômes de verre, bulles nées de la neige, comme autant de fenêtres ouvertes sur le monde. Il y avait quelque chose de surnaturel dans l'alignement de ces demi-lunes translucides, qui se détachaient sur le bleu de la nuit et donnaient l'impression, à distance, d'assister à un conciliabule de scaphandriers. Seule leur tête se tenait à la surface. Leur corps appartenait encore aux profondeurs d'un monde inconnu. À l'intérieur des sphères s'abritaient des dizaines de caméras, braquées sur le glacier, qui mesuraient, depuis des années, l'accélération de sa fonte inéluctable. C'était de cette façon, exactement, qu'elle avait découvert ce qu'était l'hiver, ce qu'il restait encore de l'hiver, aux confins du monde.

Cela faisait quelques mois, à présent, que Jaya avait quitté l'île de son enfance. Elle avait rejoint, à Jakarta, un groupe de travail formé par les communautés côtières impactées par la montée des eaux, puis avait été conviée, en tant que témoin et émissaire de l'Indonésie, à un voyage scientifique au cœur de l'Arctique. La mission rassemblait une centaine de chercheurs, de glaciologues et d'ingénieurs, ainsi que des représentants des principaux pays concernés par le sujet. Ultime tentative de préserver les littoraux du monde, à l'aune des dernières prévisions de l'augmentation du niveau des mers.

Dans la nuit polaire qui durait depuis deux mois sur Ilulissat, seuls le silence, le souffle du vent et celui des chiens se faisaient entendre. Les membres de l'expédition avaient quitté l'observatoire en début de matinée, et leurs traîneaux glissaient à présent dans l'épaisseur nocturne. Ils ne voyaient rien d'autre que la vague silhouette des massifs à fleur de neige, et juste devant eux, des petites taches en mouvement, grises et noires, brunes ou presque rousses. Pelages des huskies comme l'effleurement d'un pinceau sur la toile nivéenne. Silence léger, simple et pur, quelques grammes à peine, un silence de plume. Il faisait sombre, mais les ténèbres ici empruntaient à la neige la pâleur de ses étendues glacées. Ils étaient suspendus dans l'entre-deux d'un voile de blanc et de bleu, d'une lumière crépusculaire qui donnait l'impression que la nuit ne serait jamais noire, et que le jour ne renaîtrait jamais. Et pourtant, dans quelques heures, le soleil émergerait des montagnes pour la première fois depuis le début de l'hiver.

Les traîneaux les emmenaient vers l'embouchure du glacier Kangia. Ils partaient y effectuer des mesures et accueillir, ce matin-là, le retour de l'astre dans le désert polaire. Progressivement, l'allure des chiens se fit plus lente, leur foulée moins ample, et bientôt les attelages se mirent à trotter, freinant encore jusqu'à l'achèvement de leur course au milieu de nulle part. Ils descendirent des traîneaux, Jaya et tous les autres, dans la neige obscure, immaculée. Un musher, qui conduisait l'un des traîneaux, déposa des poissons séchés pour les attelages. Les chiens s'agitaient, impatients, avec des yeux brillants, verts, jaunes, dans la pénombre. Jaya resta un moment à contempler le berceau des glaces encore assombri, face au vent froid qui giflait son visage. Elle s'habituait à l'idée que ce soit le premier hiver de sa vie. Tout était encore noir autour d'eux, mais le ciel déjà s'illuminait d'un bleu un peu plus clair, par petites touches, mêlé de soupçons d'ambre et de mauve. Au loin, dans le fjord, la banquise morcelée se distinguait de plus en plus nettement à mesure que l'horizon s'éclairait. À l'arrivée de l'été, quelques mois plus tard, elle aurait entièrement disparu.

Jaya se mit au travail aux côtés des scientifiques. Ils avaient accroché des crampons à leurs bottes pour s'aventurer sur le glacier et y prélever des carottes de glace. Ils étaient une dizaine à travailler ainsi, des gelures sur leurs joues, la solennité dans leurs yeux, et tout le bleu boréal autour d'eux qui donnait à leurs visages la couleur du ciel, de l'océan et de l'aurore. Ils forèrent longtemps, à l'aide d'un système à manivelle simple et léger qui permettait d'obtenir des glaçons de quelques mètres de long. Ceux-ci étaient ensuite récupérés au sein de grands tubes en verre, amarrés aux traîneaux pour être rapportés à l'observatoire. Jaya s'était rapprochée d'un couple de glaciologues, Leif et Pipaluk Jansen. Lui, originaire du Danemark. Elle, du nord du Canada, avec son prénom inuit. Elle s'était liée d'amitié avec eux lors de la traversée en bateau, et ils lui expliquaient à présent chaque étape de leur travail. Comment le glacier Kangia était l'un des multiples pieds de l'inlandsis, l'une des extrémités de la calotte glaciaire qui constituait le cœur du Groenland. Comment l'inlandsis, en fondant, formait paradoxalement des plaques de glace solidifiées, qui n'absorbaient plus l'eau de fonte. Comment le ruissellement de l'eau jusqu'à la mer s'intensifiait à mesure que la surface du Groenland durcissait. Comment, en se formant de plus en plus à la surface de l'inlandsis, ces plaques de glace, plus sombres que la neige, étaient amenées à absorber davantage les radiations solaires, et donc à se réchauffer plus encore, l'apport de chaleur se retrouvant ainsi dans l'atmosphère, et accélérant lui-même la fonte des glaces. Comment les feux de forêts de l'hémisphère Nord amplifiaient le phénomène, parce que la suie, portée par le vent, se déposait sur les glaces et en assombrissait davantage la surface. Comment la banquise, telle qu'ils la voyaient sous leurs yeux, ne s'était pas reconstituée comme elle le faisait auparavant en hiver. Comment elle aurait entièrement fondu quand l'été serait venu. Et comment les océans du monde continuaient ainsi à gagner contre la terre ferme.

Autour d'eux, le paysage se dotait d'une pâleur nouvelle, qui n'avait de cesse de se modifier depuis qu'ils avaient arrêté les traîneaux. Si la froidure était la même, les couleurs, en revanche, étaient passées de leurs valeurs les plus sombres à leurs valeurs les plus claires. Le soleil allait bientôt concevoir son premier rayon et le laisser couler sur les montagnes, comme une rivière suspendue à la verticale entre le ciel et la terre.

Les chercheurs avaient achevé leurs extractions et se rassemblèrent autour des traîneaux. Enroulés sur eux-mêmes, des draps blancs avaient été transportés sur plusieurs d'entre eux. Ils les déroulèrent lentement, un par un, puis repartirent vers la surface du glacier en tirant les draps à bout de bras. Jaya et Pipaluk tenaient ensemble l'un des draps, immense, immaculé, qui flottait derrière elles et s'enroulait dans le vent. Elles progressèrent lentement, à pas prudents, sur le Kangia. Elles déposèrent le drap sur la surface de la glace, le fixèrent à l'aide de petits clous, puis recommencèrent. La mosaïque prenait forme, à perte de vue. Deux par deux, des hommes et des femmes recouvraient le glacier. Lent ballet des étoffes dans la pâleur de l'aurore, aux allures de voiles mortuaires. La couleur blanche des draps permettrait de réfléchir la lumière du soleil et de ralentir le processus de dégel. C'était presque vain, et pourtant, c'était la seule chose à faire. Ils continueraient demain, et le jour d'après. Jusqu'à ce que le Kangia tout entier soit protégé.

Voilà ce qu'était l'un des derniers glaciers du monde, à présent. Un corps immobile, recouvert d'un linceul.

En revenant vers les traîneaux pour y chercher un drap supplémentaire, Jaya vit, à quelques mètres d'elle, un renard arctique. Il s'arrêta un instant, imperturbable. Elle devinait les contours de son petit corps palpitant, et ses deux yeux sombres dans la pénombre. Elle le regarda un moment en silence. Dans sa présence fugace, elle puisait un peu de réconfort, et ressentait en même temps une forme de malaise. Il était en exil, lui aussi. Loin de chez lui, sans doute, perdu dans un climat nouveau. L'animal avait déjà commencé sa mue estivale. Encore blancs, le duvet de ses oreilles et la fourrure de ses flancs. Déjà bruns, son museau pointu et le pelage de son dos. L'air ainsi dépenaillé, bigarré, sans que cela lui ôte rien de sa superbe, il se fondrait à nouveau bientôt avec son environnement. Il avait appris à vivre au gré des saisons et des cycles de lumière, attendant le retour du soleil pour s'adapter aux paysages. Jaya se demandait s'il saurait s'adapter aux étés éternels qui s'annonçaient sur l'Arctique. Elle pensait à son frère, aussi, à Aslam abandonné sur son île, dans l'infini exil de la solitude, et son cœur se serra à lui faire mal, à faire naître dans ses yeux des larmes aussitôt gelées par le froid. Le renard resta encore un peu à l'observer dans son allure matoise. Puis il fila à travers les blocs de neige. À la recherche des deux ou trois membres de sa tribu qui demeuraient peut-être encore, esseulés, capables de disparaître d'une minute à l'autre, de s'évaporer, de s'évanouir, au bord de l'extinction définitive.

Ils étaient sur le point de repartir vers Ilulissat lorsque cela se produisit. Rien ne parut bouger d'abord, et pourtant, quelque chose sembla se modifier dans l'atmosphère. La lumière vint très vite. Elle jaillit de l'horizon et avança comme une vague. Elle colora la mer, souligna le contour des glaces, absorba les dernières nuances d'obscurité. C'était le retour du jour. Bientôt, le soleil retrouvé commencerait son œuvre. Ils relevèrent la tête, restèrent un instant les yeux rivés vers le ciel. Puis ils repartirent sur leurs attelages, dans les réverbérations des glaces sans sommeil.

Troisième partie

LA NUIT

2013

Elles roulaient à travers des routes forestières enneigées, bordées de mélèzes, de sapins et de bouleaux. Esya Kaminsky, les mains sur le volant, gardait son regard rivé sur le vague chemin blanc qui se profilait droit devant elle et s'éloignait dans un brouillard opaque. Elle avait un peu moins de trente ans, la peau tannée par les jours éternels, les yeux assombris par les nuits boréales. Les cheveux coupés court, blonds, presque roux, coiffés d'un bonnet rouge qui était la seule touche de couleur vive dans toute cette blancheur. Liouba, à ses côtés, regardait par la fenêtre, laissait dériver son attention au-delà du front des grands arbres, se perdait dans les profondeurs, tentait d'y déceler autre chose que l'alignement des branches nues et des écorces sombres. Elles discutaient en russe, que Liouba avait réactivé dans les confins de sa mémoire, au contact des militants de la forêt.

— Je vais enfin rencontrer tes parents, dit Liouba.

— Ils doivent être attablés dans la cuisine à la lumière du poêle, nota Esya, et prononcer mon nom avec une inquiétude floue. Mêlée de désapprobation.

— Tu présentes ça sous un jour sinistre.

— Réaliste, plutôt. Ils se demandent encore pourquoi je suis partie pour Dvinsky. Ils se demandent encore comment leur fille peut passer des semaines entières dans un campement rustique au milieu des sapins.

Sur le bassin versant de la Dvina-Pinega, Dvinsky était l'un des derniers bastions de la forêt primaire de la région, attaquée à présent par des exploitants industriels qui épuisaient ses ressources. À ce rythme, la taïga aurait disparu dans moins de vingt ans. C'était pour cette raison qu'Esya Kaminsky avait choisi de rejoindre le groupe de militants mené par un activiste russe, Irek Babaï, qui s'était installé dans la forêt pour tenter de protéger ce qu'il en perdurait encore.

— Mais c'est parce que mes parents, reprit Esya, n'ont pas rencontré Irek. S'ils l'avaient rencontré, ils sauraient. Ils sauraient à quel point notre lutte est vitale.

Irek Babaï avait servi dans la marine russe pendant vingt ans, sur les grands vaisseaux de ravitaillement qui partaient du port d'Arkhangelsk pour sillonner la mer Blanche et la mer de Barents, jusqu'aux bases militaires des îles de la Terre du Nord. Tout le reste n'était que désert, au-dessus des profondeurs peuplées de cachalots démesurés, glaciation éternelle jusqu'au pôle Nord. Puis il avait quitté son poste de capitaine. Une évasion. Une reconquête de la terre ferme. Il avait fondé une organisation écologiste locale de défense de la forêt de Dvinsky. Son engagement militant, face aux entreprises qui pillaient la forêt boréale et la réduisaient peu à peu à des reliques saignées à blanc, avait attiré l'attention du gouvernement, de la police, des services de renseignements. Une enquête acharnée avait été ouverte sur son revirement. Il était devenu un semeur de troubles, un élément subversif. Un homme recherché.

Irek avait rassemblé une brigade autour de lui, une brigade de jeunes diplômés, qui avaient grandi à Arkhangelsk et cherchaient un autre destin que celui, tout tracé, de la jeunesse russe dans les villes prépolaires. Ils s'étaient installés dans la forêt, un campement de fortune, avec des revolvers, des rondes de surveillance, des missions de sabotage des abatteuses, des actions d'intimidation qui faisaient fuir, dans l'ombre verte des sapins et des bouleaux, les industriels venus étioler un nouveau fragment de leur bastion. Il avait su, peu à peu, gagner la sympathie des associations internationales de protection de l'environnement et attirer l'attention de la presse. Liouba couvrait à présent sa lutte pour le compte de *Terre d'exil*. Elle les avait rejoints, lui et ses partisans, pour témoigner de leur siège désespéré. Avec, pour seuls alliés, le bruit du vent et le secret des fossés forestiers. Elle s'était parfois demandé, au fil de cette captivité volontaire, s'ils étaient autre chose que des terroristes naturalistes. Dotés de poudre et de courage pour freiner l'avancée de la déforestation illégale. Mais elle croyait en leur combat. En leur capacité à s'opposer aux manquements de l'État, à ses complicités, à ses crimes. Ils passaient des semaines entières dans les bois, ne rentrant à Arkhangelsk que le samedi et le dimanche, et de plus en plus rarement, maintenant que la situation s'était durcie, que la police tentait de les déloger de plus en plus souvent. Il fallait tenir. Dans la nature. Dans le froid. Et dans la nuit, presque toujours, à présent que l'hiver s'était installé.

Quand Liouba avait rencontré Irek Babaï pour la première fois, il avait baissé les yeux vers elle, du haut de sa stature, avec une sorte de sourire dont elle n'avait pas su départager l'amusement de quelque chose de plus profond, de plus grave, la tristesse vague d'un homme issu d'un lointain qui n'existait pas ici, qui n'était pas imaginé ici, qui n'avait pas de réalité ailleurs que dans son sourire distant. Il n'avait pas prononcé un mot, n'avait eu que ce sourire. Un mutisme impénétrable. Sa barbe animale le faisait ressembler à un ours et recouvrait son visage buriné, pareil à l'écorce fendillée. Un visage de nomade. Un visage de guerrier errant, inflexible, sans remords et sans avenir.

Liouba s'était liée avec Esya d'une amitié de femmes prises au piège d'une situation désespérée. Elles s'étaient confié leurs vies et leurs secrets, très vite, dans une complicité naturelle. Esya l'avait invitée à rencontrer sa famille, qui habitait Arkhangelsk, à cent kilomètres de Dvinsky. Elles avaient ainsi quitté la forêt et roulaient à présent vers la ville. C'était une pause suspendue au milieu de leur siège, le temps d'un jour ou deux, pour quelques douches chaudes, quelques repas partagés en famille avant de retourner à la nuit infinie de la taïga.

La voiture s'était engagée dans les faubourgs d'Arkhangelsk, un alignement de petites rues, au-delà du port. À l'écart de la ville, des maisons en bois irradiaient comme des phares en pleine mer, demeures de mineurs et de pêcheurs aux confins du monde, châteaux forts bâtis contre le froid de ces vies boréales. À les voir ainsi, si modestes et si fortes, Liouba pouvait déjà sentir leur chaleur et leur parfum de cèdre et de poivre noir. Quelque chose, dans leur solitude, leur abandon, leur tristesse majestueuse, lui serra le cœur. Une ville de glace. Des routes crevassées. Partout, c'était la couleur blanche, blanc du brouillard et du givre sur les murs, blanc de la neige accumulée sur les trottoirs et les fils électriques. La glace formait des motifs de dentelle, de vastes toiles d'araignées.

Esya gara sa voiture devant l'une des maisonnettes, étroite et tortueuse, qui s'élevait sur trois étages. Elles parcoururent le petit sentier de neige qui y menait et entrèrent dans la chaleur du foyer. Quatre murs en rondins de bois enclavaient la pièce centrale, à l'extrémité de laquelle s'élevait un escalier. Une casserole noircie était accrochée au-dessus d'un poêle entouré de pierres. Juste à côté de l'âtre, les parents d'Esya étaient assis autour d'une table nappée. Au grincement qu'avait émis la porte en pivotant sur ses gonds, ils avaient repoussé leurs chaises d'un même geste pour enlacer leur fille.

Grisha Kaminsky leur servit un jus de baies brûlant dans un gobelet en bouleau. C'était un homme grave, avec une épaisse moustache grise et de profonds yeux bleus derrière des lunettes cerclées d'acier. Il travaillait dans une entreprise locale de réparation de navires. Il avait invité Liouba à prendre place autour de la table, et, informé de son métier de journaliste, s'employait déjà à lui délivrer quelques bribes du contexte régional. Esya aidait sa mère à préparer le déjeuner. Elle découpait de fines tranches de viande qu'elle déposait dans la casserole au-dessus du poêle.

— Les hydrocarbures, expliqua Grisha, représentent presque la totalité des revenus de l'oblast d'Arkhangelsk. Mais les conditions extrêmes de l'hiver rendent leur extraction très difficile. Et quand le prix du baril diminue, il faut produire davantage pour compenser.

Liouba l'écoutait avec un effort linguistique considérable, pour apprivoiser cette nouvelle façon de parler, ces mots de russe auxquels elle n'était pas habituée.

— Une nouvelle voie maritime, poursuivit-il, a été ouverte le long des côtes polaires. Elle est de plus en plus navigable à cause du réchauffement climatique et de la fonte des glaces. Et les objectifs de production ne font qu'augmenter.

— Quelles sont les ressources principales, demanda Liouba, qui sont exploitées dans l'Arctique ?

— Le gaz naturel, le charbon, le pétrole. Mais aussi le nickel, le cuivre, le cobalt. Des millions de tonnes transportées par des centaines de navires, entre le détroit de Béring et la mer de Kara. Le port d'Arkhangelsk est l'une des portes d'entrée de ce que les Chinois appellent désormais la route de la soie polaire.

— L'État russe travaille main dans la main avec Pékin, précisa Esya en se retournant vers eux. Nos économies bénéficient directement de la fonte des glaces. C'est scandaleux. D'autant plus que l'exploitation de la nouvelle route du nord va elle-même accélérer le réchauffement climatique.

Elle tenait à la main un large couteau de cuisine, avec lequel elle hachait des légumes en petits cubes.

— La route du nord sera la nouvelle Arabie saoudite, ajouta sa mère.

Aksana Kaminsky avait de longs cheveux très blonds sous une étoffe triangulaire. Des mèches presque blanches s'en échappaient, formaient comme des volutes autour de son visage.

— Ton prénom est d'origine russe, reprit-elle à l'intention de Liouba. Tu as de la famille, ici, en Russie ?

— Ma mère est née en Sibérie.

— Grandir dans le froid, dit Aksana, songeuse.

Elle suspendit sa phrase. Elle semblait se souvenir d'un autre temps. Elle ouvrit la vitre au-dessus de l'évier, saisit une bouteille de lait conservée sur l'appui de la fenêtre.

— Nous avons longtemps été isolés du monde, développa Grisha. Jusque dans les années quatre-vingt, la région ne comptait encore qu'une seule tour de télévision. Dans le village de mon enfance, le signal n'était reçu que lorsque la température chutait à cinquante degrés en dessous de zéro. L'air devenait alors conducteur, et les villageois cessaient toutes leurs activités pour se poster devant la télévision pendant des journées entières. Jusqu'à ce que les températures remontent légèrement.

En hiver, dans la région d'Arkhangelsk, le soleil ne se levait jamais. Grisha voyait, au-dessus de sa maison, des oiseaux mourir en vol, gelés dans les airs. Il vivait des jours entiers dans la pénombre, comme un astronaute, à la seule lumière de la lune.

— Là-bas, reprit-il, rien n'a vraiment changé aujourd'hui. Les villageois naviguent encore sur la Dvina et la Pinega à bord d'embarcations en bois. C'est le seul moyen de se déplacer entre les villages. Ils pêchent le vairon ou le gardon, qu'ils conservent en sous-sol, dans des barriques. En hiver, il est plus aisé d'emprunter les routes terrestres, parce que la glace et la neige les réparent en comblant les trous d'eau et en formant un chemin plus lisse.

Esya les avaient rejoints autour de la table. Elle se servit un autre verre de jus de baies et le porta à ses lèvres, les yeux clos. Elle semblait se reposer enfin, prendre un peu de distance avec les secousses de la route qui l'avait ramenée chez elle, avec les nuits au cœur de la taïga.

— Comment se porte la forêt ? demanda Aksana.

Elle semblait prononcer ces mots à contrecœur, et Grisha lui lança un regard sombre au-dessus de ses lunettes. Ils s'étaient promis tous les deux de continuer à faire comme si la forêt n'existait pas, comme si leur fille était revenue pour ne pas repartir.

— Elle brûle à petit feu, souffla Esya.

— J'ai de la sympathie, bien sûr, pour ce combat, nuança Grisha en s'adressant à Liouba. Mais j'aurais préféré que ma fille parte pour Moscou, ou Saint-Pétersbourg, après ses études.

— Cette lutte, dit Esya, j'y crois. Elle est un peu désespérée. Mais c'est une raison de vivre.

— C'est un peu, enchaîna son père, comme continuer à réparer des navires qui, de toute façon, finiront brisés par les glaces. Un travail de Sisyphe, en somme. J'en sais quelque chose.

Ils restèrent un moment dans la pénombre boisée, dans le bruissement de la casserole derrière eux.

Liouba avait revu Talal à trois reprises au cours de l'année qui avait suivi leur reportage au Nimba. Elle avait traversé des mois entiers, suspendue à ces moments privilégiés, à leur simple possibilité, portant ce poids sans s'essouffler, qui l'ancrait jour après jour dans une intensité douloureuse mais vibrante, vivante. Ils s'étaient retrouvés dans des villes d'escale, entre deux vols, ou s'étaient croisés dans des aéroports, au détour d'une longue correspondance. Ces moments ne duraient que quelques heures, une poignée de secondes densément resserrées autour de leurs seules présences. Ils discutaient, se donnaient des nouvelles, s'enivraient de leur proximité, face à face à la table des cafétérias. Ils se tenaient toujours à la lisière, ne faisant que s'étreindre au moment de se quitter, résistant toujours à la transgression définitive. Chaque jour était un jalon – un jour de moins, un jour qui la rapprochait encore peut-être d'un moment avec lui. Elle testait ses propres limites dans l'espoir de ne plus avoir envie de les franchir, dans l'espoir de désirer ces barricades et de ne plus se les imposer comme un interdit à transgresser. Elle ne supportait plus de sentir son cœur exploser et d'avoir la nausée. C'était d'équilibre, d'unité et de sérénité dont elle avait besoin. Elle cherchait malgré elle un point final, l'achèvement de leur histoire, là où Talal maintenait la possibilité d'un présent éternel.

Elle ne voulait pas rencontrer ses amis, s'intégrer dans sa vie, elle ne voulait pas qu'il quitte Alda pour elle, elle le voulait seulement lui, dans un espace, dans un temps qui n'aurait appartenu qu'à eux deux. Cela lui aurait suffi d'être clandestine. Cela lui aurait convenu de ne pas exister. Elle voulait n'être qu'un secret, quelque chose qu'il garderait pour lui, à l'insu du monde, un secret protégé, et en cela innocent, insouciant. Un absolu. Talal s'y refusait, se dérobait à autre chose qu'à leurs rencontres furtives dans des lieux publics, surpeuplés. Il était la droiture, la loyauté, la tendresse et le renoncement mêmes.

À distance, ils avaient continué à s'envoyer des messages qui ne contenaient que des chansons. C'était leur façon de faire l'amour, au sens littéral de le créer, de le bâtir, de le consumer. Puisqu'ils ne pouvaient se voir que rarement, puisqu'ils manquaient si souvent de moyens ou de légitimité pour le faire, la musique était devenue ce vecteur de communication sans parole, sans enfreinte. Ils vivaient, l'un et l'autre au bout du monde, au rythme de symphonies électroniques planantes et automnales, qui dessinaient le souvenir de leurs rencontres.

Et à chaque message, tout recommençait, l'attente et l'espoir, les rêves, surtout, la nuit, ces rêves d'étreinte, ces rêves de fusion, où leurs corps se frôlaient, se touchaient, s'étreignaient, ces rêves de lumière. C'était le toucher qui la brûlait, le besoin irrésistible de contact. Dans ces rêves, il la sauvait toujours de créatures géantes et difformes, de foules sans visage qui l'emportaient sauvagement, de précipices qui s'ouvraient sous ses pieds. Il était là. Il la prenait dans ses bras.

Elle se demandait à présent ce qu'il aurait pensé de son combat, dans la taïga, aux côtés d'Esya, d'Irek et des autres militants. Elle aurait voulu lui en parler, recueillir son point de vue, ses conseils. Elle aurait aimé qu'il immortalise ces visages, avec son appareil photo, qu'il cherche la lumière à travers les aiguilles de sapin, là où elle était en quête de mots pour la transcrire. Il n'était pas là. Ses bras lui manquaient à lui couper le souffle.

Liouba était assise à l'écart du campement, dans l'herbe enneigée qui sentait déjà la nuit alors que le soleil brillait encore juste au-dessus des grands arbres aux cimes noires.

Un peu plus loin, les militants, une cinquantaine peut-être, continuaient à discuter comme si rien ne les menaçait, comme si la nuit ne pouvait jamais être tout à fait noire, comme si le froid ne risquait pas de les assaillir jusqu'à l'aube, de les priver de repos dans les heures les plus longues des ténèbres. Ils s'étaient regroupés autour d'un feu, entonnant des chansons dont l'âpreté du langage peuplait l'orée de la forêt, à l'image de ces anciennes tribus cosaques ou tatares qui, bien avant eux, célébraient les terres immenses et vides d'une Russie plus vieille que le monde même.

Esya s'approcha d'elle pour lui tendre une couverture et un gobelet de café, et s'assit à ses côtés dans la neige. Son corps frêle disparaissait à l'intérieur de son manteau. Elles étaient revenues d'Arkhangelsk depuis quelques jours déjà, et gardaient encore dans leurs souvenirs le cocon de bois de Grisha et Aksana Kaminsky, une forme de nostalgie diffuse, nimbée de silence et de tiédeur. Liouba s'enveloppa dans la couverture, songeuse, avec une inquiétude dont elle ne s'était pas départie au cours des derniers jours. Autour d'elles, les taches de bronze et d'or des aiguilles des sapins glacés étaient remuées par le vent du soir.

— À quoi penses-tu ? demanda Esya.

— À la nuit qui arrive, répondit Liouba. J'ai un pressentiment étrange. Pas une seule sirène de police depuis plusieurs jours. Pas une visite des forces de l'ordre. C'est inhabituel.

Elle pressentait qu'ils étaient pris au piège, que quelque chose de grave allait arriver, qu'il était possible de supprimer facilement, en Russie, ceux dont les actions de résistance faisaient la une des journaux internationaux et menaçaient l'unité de l'opinion publique. Les nuits dans la taïga avaient ravivé en elle une quantité de souvenirs enfouis de son passé. C'était la scène de la mort de ses parents qu'elle se reconstituait à présent, nuit après nuit. Ce pont de Moscou, derrière la cathédrale Saint-Basile, où ils avaient été assassinés de quatre coups de feu dans le dos. Quand elle l'apercevait depuis la place Rouge, le pont était perdu dans les couleurs de la nuit et les vapeurs de brouillard. Le non-lieu de la mort. Elle n'avait jamais trouvé la force d'aller jusqu'à ce pont.

Elle effleura, à l'intérieur de son manteau, l'arme à feu qu'Irek Babaï lui avait donnée au début de leur mission. C'était la condition qu'il imposait aux journalistes pour les laisser rejoindre son bastion. Il connaissait les risques. Personne ne pourrait les protéger, ici, si les choses tournaient mal. Personne sinon eux-mêmes. Le matin, dans la forêt, ils s'entraînaient sur des cibles avant le lever du jour, dans les nuages de fumée et les odeurs de poudre. Le moment viendrait, disait-il, où leur conviction devrait être plus forte que la peur. Ne pas hésiter. Ne pas douter. S'ils étaient attaqués, ils devaient être en mesure de riposter. Pour avoir une chance, une unique chance de survivre.

— Le calme avant la tempête, continua Esya.

— Ce serait presque trop simple de nous faire tous disparaître, dit Liouba.

Un hibou, dans un sapin, lança un long hululement sinistre. Des flocons virevoltaient dans les airs, venaient renouveler la neige de janvier qui avait commencé à fondre aux rares rayons du soleil. Elles restaient là, assises l'une contre l'autre. Irek arpentait le campement qui s'étendait de loin en loin entre les arbres. Il distribuait du café à ceux qui veillaient. Son visage fatigué était traversé par un enthousiasme lugubre.

Un bruissement de feuillage les fit sursauter. Elles se levèrent et rejoignirent la frontière du campement. La neige s'accentuait. Elles relevèrent leurs capuches. Elles virent un petit groupe de militants qui s'étaient assoupis dans des sacs de couchage. D'autres montaient la garde en scrutant la ligne de la forêt. Partout, au-dessus d'elles, flottait l'odeur de sève et de bois de sapin.

Liouba et Esya s'étaient installées ensemble pour la nuit, au sud du campement, dans des sacs de couchage qui atténuaient la morsure du froid polaire. La nuit était longue, plus d'une douzaine d'heures passées dans l'obscurité totale. Le sommeil fuyait, le plus souvent, jusqu'à l'approche du matin. Sans s'endormir vraiment, leur conscience ne faisait que vaciller, comme ces étoiles lointaines dont la lumière instable paraît clignoter, s'éteindre une seconde pour mieux se rallumer à la suivante. Elles restaient allongées, l'une contre l'autre, discernant à peine la masse sombre et infinie de la forêt. Le grondement du vent faisait vibrer le sol sous leurs corps. Ce n'était rien d'autre qu'une nuit de janvier. Une nuit de plus dans la forêt boréale.

Puis c'était devenu autre chose quand elles avaient discerné un mouvement à la lisière des arbres. À l'approche de l'aurore, des hommes au visage drapé de linges blancs avaient jailli du front de la forêt. Ils progressaient vers le nord du campement, formant comme des taches pâles dans l'obscurité. Tout d'abord, Liouba ne comprit pas ce qu'il se passait, dans le demi-sommeil qui s'était emparé d'elle, songea au pelage blanc et gris des loups qui peuplaient la taïga. Elle discerna alors plus sûrement les silhouettes humaines qui s'étaient répandues à travers le bivouac. Une troupe de fantômes armés de fusils d'assaut. Ils frappaient les corps assoupis des militants avec la crosse de leurs armes, les forçaient à se lever pour les projeter de nouveau à terre, les piétiner et les rouer de coups. À cet instant, elle entendit le bruit. Assourdissant, implacable, sans fin, comme si l'air lui-même se déchirait, se rompait, se divisait en une multitude d'atomes. C'était le bruit du feu et de la guerre. C'était le bruit de la mort à cent mètres d'elle, et la lumière des armes.

Elle s'était aplatie contre le sol, à côté d'Esya, retenait son souffle sous l'armure de son sac de couchage. Elle entendit un rugissement sonore, qui couvrit le vacarme des armes. C'était le cri d'Irek Babaï. Un cri lancé vers le ciel. Un cri de guerre, de rassemblement, guttural, proféré en russe dans la nuit noire. Entre ses mains brillait l'éclat de métal de son arme à feu. Au loin, elle vit un homme qui courait dans leur direction, vers leur abri illusoire. Il venait de l'extrémité nord du campement, droit vers elles depuis le feu, depuis les armes, depuis la mort. Son manteau était troué au bras et maculé de sang. Il les dépassa sans s'arrêter, rien ne pouvait plus l'empêcher de courir, mais en passant près d'elles, allongées au sol, il leur cria de partir, qu'ils étaient tous morts, là-bas, au cœur du campement, leur ordonna de fuir ou de se cacher, puis il continua sa course dans la forêt, dans la nuit, et elles jaillirent de leurs sacs de couchage.

C'était un instinct profond, inexorable, qui les intimait au mouvement. Elles coururent jusqu'aux sapins les plus proches, et trouvèrent chacune refuge derrière un tronc d'arbre. Elles se regardèrent dans l'obscurité qui les séparait. Un signe de tête fut à la fois leur adieu et leur exhortation au courage. Elles virent Irek Babaï qui avait commencé à riposter en visant à l'aveugle dans les ténèbres. Des draps blancs s'évanouissaient dans la nuit en tombant sur le sol. Les mercenaires continuaient à tirer. Le camp était traversé de longues traînées de feu qui jaillissaient de la pénombre. C'était une fusillade. Un massacre. Elles armèrent leurs revolvers et les pointèrent vers les silhouettes blafardes qui se mouvaient au loin. Derrière le sapin, Liouba vit que le bras d'Esya tremblait. Elle le vit malgré la pénombre, tout comme sa mâchoire serrée, ses yeux plissés, ce regard de quelqu'un qui n'avait jamais tué.

Elle entendit un bruit sourd. Le corps d'Esya, lentement, s'effondra. Foudroyé. Liouba retint un cri, tomba à genoux derrière l'arbre, le souffle coupé par la peur d'être touchée à son tour. Des images tourbillonnaient dans son esprit endigué par la terreur. Esya dans sa maison, en train de préparer le goulasch. Esya qui danse dans la cuisine au rythme de chants arméniens. Esya qui pointe son revolver sur des cibles d'entraînement, dans la lumière du matin. Esya effondrée au pied d'un sapin. Et le visage de ses parents, Grisha et Aksana, leur visage sombre penché l'un vers l'autre autour de la table, repliés l'un et l'autre autour de leur inquiétude pour leur fille, sans savoir encore qu'elle venait d'être frappée par ce qui pouvait lui arriver de pire.

Une rage incontrôlable s'empara de Liouba. Le jour se levait doucement, rendait sa visée plus sûre et son abri plus risqué. Elle se redressa, tira pour la première fois. Sa balle se perdit dans la neige. Une nausée insoutenable lui souleva le cœur. Elle se glissa en rampant vers le tronc d'arbre voisin, vers la masse sombre que formait le corps d'Esya. Elle vit son visage livide, traversé d'un mince filet de sang, les yeux ouverts. Allongée dans la neige, elle paraissait dormir. Elle avait été transpercée de plusieurs coups de feu avant de mourir. Liouba s'allongea à côté d'elle en sanglotant, recroquevillée dans l'humus, joue contre neige. Les narines pleines de cette odeur atroce de poudre et de sang qui serpentait au ras du sol. Elle attendait sans savoir vraiment quoi, ni combien de temps il lui faudrait encore rester tapie dans l'ombre comme une louve, les yeux grands ouverts sur l'impossibilité de cette nuit.

La forêt était calme, à présent, le bruit avait cessé, les cris aussi. Il n'y avait plus que le silence, immense et noir, étouffant. Elle risqua un regard vers le campement. Les mercenaires s'étaient évaporés. Elle tenta de se lever, s'effondra de nouveau, sciée par la nausée. Elle passa un long moment à vomir, derrière le sapin, à genoux dans la neige. Finalement elle se releva et tituba vers les lumières de l'aurore qui s'épandaient dans le ciel. Elle alla droit devant elle. Elle vit les survivants, elle vit le sang des corps blessés et des corps morts. Cela dura cinq secondes peut-être, l'apocalypse en un battement de cils. Elle ne pouvait pas regarder plus longtemps. Elle ne pouvait pas rester là. Elle pensa à rejoindre Arkhangelsk, trouver du secours. Elle pensa à fuir plus loin encore, jusqu'à Moscou, jusqu'à Paris, jusqu'à un lieu qui l'aurait absoute de son choc, de sa terreur. Un lieu qui n'existait pas. Alors elle s'éloigna vers la lisière, marcha encore et encore, jusqu'à retrouver, au détour d'une clairière, sa voiture abandonnée. Ce n'était rien d'autre que l'habitacle d'une voiture et c'était pourtant déjà autre chose. Un sanctuaire, une chapelle, un lieu situé quelque part au-delà de la mort.

Elle resta longuement assise dans l'air glacé de l'habitacle, dans la voiture immobile au milieu des arbres. Elle ne pensait à rien, ne parvenait pas à penser. Elle tremblait. Des traces de sel, des traces de larmes s'étaient figées sur ses joues. Puis, soudain, le voile qui s'était posé sur son esprit se déchira. Elle vit, derrière lui, le corps d'Esya, le sang rouge à la couleur de son bonnet. Elle ne vit que ce corps frêle, isolé, et elle ressentit sa solitude, son abandon, qui la secoua encore de sanglots. Elle ne pouvait se résoudre à le laisser là-bas, bientôt enseveli par la neige, bientôt dissous dans la glace. Alors elle alluma le moteur, et reprit le chemin du campement.

Pendant des jours, il lui avait semblé que quelqu'un avait éteint les lumières du monde. Pourtant, à Arkhangelsk, un peu partout, aux fenêtres, sur les trottoirs et sur les places, des bougies brûlaient sous la neige. La ville essayait d'apporter un peu de clarté aux ténèbres qui étaient tombées sur elle. Et la ville avait pourtant été absorbée, diluée, dévorée tout entière par un sentiment nouveau, avec lequel Liouba devait vivre maintenant, une peur insidieuse et totalisante d'être tuée n'importe où, n'importe quand, sans la moindre chance de fuir, de se cacher, d'y échapper. Des bribes entières de sa mémoire semblaient avoir été effacées. Elle ne se souvenait plus de certains détails, ni de l'ordre des événements qui s'étaient produits dans la forêt. Mais nuit après nuit, étendue dans la maison de la famille Kaminsky, qui l'avait accueillie à son retour, elle continuait d'ouvrir les yeux en sursaut, réveillée par le crépitement sinistre de la ville à l'agonie. Ce n'était qu'un cauchemar, ce n'était qu'un souvenir, et pourtant, où qu'elle aille à présent, quoi qu'elle fasse, quelle que soit l'heure, chaque fois qu'elle fermait les yeux, elle voyait l'ombre des sapins et les silhouettes drapées de blanc, elle voyait le sang dans la neige et les regards vides de ceux qui étaient morts, elle voyait la forêt de ses cauchemars.

Au cimetière d'Arkhangelsk, ils avaient brûlé le sol pour faire fondre la glace. Liouba était à leurs côtés, aux côtés de Grisha et Aksana, aux côtés des familles des militants tués dans la fusillade. Inconnus rassemblés dans le deuil d'une cause commune. Il y avait là des enfants aussi, aux yeux clairs, aux mèches blondes sous des capuches. Des frères et des sœurs. Ils la tenaient par la main. Ils avaient laissé le feu se consumer toute la nuit, à l'emplacement futur des sépultures. Très tôt le lendemain, ils étaient revenus avec des pioches. Le jour n'était pas tout à fait levé. Des étoiles pâles brillaient dans le ciel. Leur lumière était aussi froide que la neige autour d'eux. Et ils avaient alors commencé à creuser les tombes, seuls dans le silence profond.

Quand Talal se réveillait à Alep[1], il s'étonnait de s'être tout d'abord endormi. Le bruit de la guerre ne s'éteignait pas la

1. Une partie de ce passage est tirée de la nouvelle d'Anne-Lise Avril, « Dernier contact », parue au Cherche Midi dans l'ouvrage collectif *Toucher* en 2017.

nuit, et la peur, animale, plongeait la ville dans une insomnie collective. Se mêlait alors, au claquement des fusils, aux détonations des bombes, aux cris d'avertissement et de terreur, la rumeur de milliers de corps somnambules, étendus au creux de leurs maisons en ruine, les yeux grands ouverts sur toutes les étoiles de la nuit, appelant en vain le sommeil, le redoutant aussi. Il arrivait pourtant que son esprit vacille, lâche prise, et le monde entier s'effaçait d'un coup, la guerre disparaissait, la peur s'annihilait, et c'était une nuit de déni qu'il lui était permis de dormir alors, d'un sommeil sans espoir qui ne savait plus comment rêver. Mais le jour finissait toujours par se lever. Il montait des steppes de la vallée de l'Oronte, traversait les champs d'oliviers et de lauriers, passait sur la Grande Mosquée, s'accrochait à la Citadelle. La lumière jaune du matin éclairait tout autant les morts que les vivants, les murs tombés que ceux qui se dressaient encore. Et le chant mélancolique du muezzin appelait à la prière dans l'espoir de gagner la grâce d'un lever de soleil supplémentaire.

Talal avait revu Liouba pour la dernière fois à Casablanca, au creux d'un mois de novembre qui avait encore, au Maroc, la tiédeur de la fin de l'été. Ils s'étaient retrouvés dans un café au bord de l'océan. Elle, en provenance des forêts du Congo. Lui, des camps de réfugiés de la Sierra Leone. Depuis la terrasse, ils voyaient la mosquée amarrée à l'Atlantique. Du sable soufflait sur ses pierres fauves. Ils avaient parlé jusqu'à la tombée de la nuit, dans la mélancolie de leurs voyages qui s'achevaient. Ils avaient parlé de ce qu'ils avaient vu dernièrement dans les pays traversés. La lumière du soir était si belle, autour d'eux, un faisceau rose et poudré dans la rue. Une fois de plus, la poésie du lieu les menaçait. Ils y succombaient. Leur relation était ancrée dans les circonstances. Née tout entière de la désorientation de leurs exils permanents. Une forme de constante dans leurs dérives. Étaient-ils davantage qu'une fiction, inventée à la lisière des histoires qu'ils disaient sur le monde ? Une profondeur de plus, un supplément d'âme donné à leurs voyages, pour s'accrocher à quelque chose de stable, où qu'ils soient sur le globe, aux confluents de l'errance perpétuelle. C'était le désir qui les tenait, les rassemblait, les aimantait, cet indépassable désir. Le dernier mot n'avait pas été dit, ce soir-là, et ne le serait probablement jamais. Ils ne s'étaient pas posé la question de savoir s'ils étaient censés être ensemble, s'ils étaient censés s'aimer. Ils étaient repartis chacun vers leur prochain avion, alourdis d'une once de chagrin et de renoncement supplémentaire.

Il avait souvent pensé à tout avouer à Alda. Il allait lui parler de Liouba, il reconnaîtrait sa culpabilité, présenterait les faits concernant cette relation, il lui dirait que ce n'était pas ce qu'on appelait une liaison, il y avait des sentiments, oui, de l'émotion, mais surtout de la résistance, quelque chose d'irréel, et pourtant de présent, d'immanent, et il lui dirait qu'il ne savait pas comment s'en sortir, comment l'oublier. Arrêter de la voir, oui, mais la vie avait cette façon de les ramener l'un vers l'autre, de faire se renouer le contact, même après des semaines de silence et de distance. Il se disait parfois que Liouba n'était rien, rien d'autre qu'une fugue, un égarement, une interrogation de la vie et du désir. Rien par rapport à sa relation avec Alda. Et pourtant, elle était quand même quelque chose. Elle était beaucoup plus que ce qu'il pouvait s'avouer.

Il avait rompu avec Alda au début du mois de janvier, quelques semaines après Casablanca, quelques jours avant Alep. À Berlin, l'hiver se figeait dans le givre des trottoirs et les vitrines éclairées des boutiques. Le couple était sorti marcher dans la ville froide. C'était à l'issue de l'une de ces disputes qui s'éteignaient aussi brutalement qu'elles s'étaient allumées, laissant place à une meurtrissure silencieuse. Alda Liske était blonde, d'une clarté profonde. Son père avait choisi ce prénom qui voulait dire « vague » dans un lointain langage nordique. Vague, comme celles qui reviennent toujours dans le reflux éternel. Vague, comme celles aussi qui se retirent parfois jusqu'à disparaître définitivement à l'horizon. Sur le chemin du retour, sur le quai du métro, Talal prononça les mots qui amenaient la rupture. Il s'y était préparé. Alep était la clé de voûte de sa décision. Le coup de grâce. Le départ de trop. Sans larmes, sans reproche, elle le laissa là, disparut dans les escaliers, et réapparut sur le quai d'en face pour prendre la rame dans la direction opposée. Elle resta un moment debout, séparée de lui par la voie ferrée. La station était vide. Ils se regardèrent comme les survivants d'un champ de bataille. Un métro passa, rompant le contact de leurs regards. Séparation violente. Courant d'air tout proche de leurs corps. Quand la plateforme opposée fut de nouveau visible, Alda avait disparu.

Dans les nuits alépines, dans la peur de la mort qui s'élevait parfois en lui à l'entrée du sommeil, c'était Liouba, toujours, qui survenait dans ses pensées, comme la marée montante. Cela faisait plusieurs semaines qu'il ne lui avait pas donné de nouvelles. Rien depuis le dernier message qu'elle lui avait envoyé, peu de temps après Casablanca. Elle lui disait qu'elle le désirait encore, que rien n'avait changé. Ses mots étaient restés pendant des semaines, suspendus dans le vide, sur son téléphone portable. Il était impuissant. Sa sincérité le désarmait encore une fois, comme la façon que Liouba avait de le regarder, parfois longtemps, sans rien dire. Il était attaché plus que tout à cette retenue liée à leurs moments privilégiés. Il aimait leurs résistances intérieures. Quand elle laissait paraître ce qu'elle ressentait vraiment, il était incapable de répondre. Il avait rompu avec Alda et il était parti en Syrie, sans rien en dire à Liouba, et maintenant qu'il se débattait, nuit après nuit, dans les ténèbres de l'insomnie, il regrettait de n'avoir pas su le faire.

À Alep, les hommes avaient creusé ensemble de larges passages au cœur des murs mitoyens de leurs maisons pour y cacher leurs familles. Des quartiers entiers vivaient désormais sous un seul toit. Cette maison de la taille d'un village, cette forteresse pauvre de béton, ils l'avaient appelée Point Zéro. Ses portes avaient la forme de trous béants, mais en passant à travers elles, ni les regards ni les balles des tireurs ne pouvaient les atteindre. Au cœur de la guerre qui courait dans les rues, Point Zéro était devenu leur sanctuaire.

Ici, dans cette bâtisse qui n'en était plus une seule, mais plusieurs, une infinité de demeures qui se confondaient, qui communiquaient dans le silence de l'ombre, Talal attendait des journées entières, armé de son seul appareil photo, avec les familles des combattants de l'Armée syrienne libre, leurs femmes et leurs enfants. La fenêtre était béante sur la lumière du jour. Le drap qui la recouvrait les protégeait des regards, empêchait de savoir s'ils étaient là. Il guettait dans le ciel les avions dévidant leur feu sur tout ce qui vivait, et tout ce qui mourrait, donc, dans le sifflement et l'explosion des bombes. Il s'aventurait dans les rues, aussi, aux côtés des rebelles. Il y voyait des soldats courbés en procession derrière des murs encore dressés, des soldats embusqués derrière des meurtrières creusées par des obus, des soldats allongés derrière des barricades de sacs de sable à quelques mètres de la ligne loyaliste. Le noir de leurs cheveux, le brun de leur peau, le vert de leurs combinaisons, comme si les couleurs de l'atmosphère déteignaient sur eux, jusqu'à vouloir presque les absorber. Ils se battaient pour une liberté qu'ils n'avaient jamais connue, par loyauté à un capitaine, à un ami, à un père, à un dieu dont la grâce devait pouvoir les protéger de tout, leur épargner la peur, les exempter du risque de la mort. Ils se battaient pour le monde qu'ils avaient toujours habité, qui était le seul pour eux et qu'ils ne pouvaient laisser se désagréger définitivement dans la torpeur de la tyrannie. Il avait vu, à l'abri précaire et poreux des murs, des femmes pâles et ensanglantées, ou encore palpitantes de vie, de peur, de colère. Il avait entendu le rire des enfants qui escaladaient les tanks tombés, la mélodie des guitares qui se levait chaque soir avec la lune. Il avait vu certaines familles choisir l'exil, et l'exil se refuser à elles, quand il était devenu impossible de franchir les dernières portes d'Alep assiégée.

Chaque matin, il avait pris l'habitude de traverser le quartier de maison en maison. Le soleil se glissait dès l'aube derrière les draps humides qui dissimulaient les fenêtres. Dehors, l'ocre des murs déchiquetés se détachait sur le ciel, dont la couleur mauve se mélangeait encore avec les étoiles de la nuit. Il croisait, sur son chemin, le regard et les empreintes de ceux qui continuaient à vivre à l'abri de Point Zéro. Un soldat monté sur une balance pour estimer le poids de l'innocence que la Révolution lui avait pris. Une femme aux cheveux longs qui se coiffait dans un morceau de miroir brisé. Un écran de télévision allumé sur le visage d'un imam. Des murs couverts d'inscriptions au feutre noir. Des tas d'affaires éparpillées, tombées des armoires renversées. Un chat qui parfois filait aussi vite qu'une balle, vers les profondeurs du labyrinthe infini. C'était l'heure où son travail de photographe avait le plus à offrir. Les corps ensommeillés, ou bien déjà sur le qui-vive, prêts à affronter une nouvelle journée dont l'issue était incertaine, cherchaient un réconfort qu'ils semblaient trouver dans le fait d'être photographiés, avec leurs inquiétudes, leurs peines et leurs espoirs, comme s'ils pouvaient par là même acquérir une forme d'immortalité.

C'était au cours de l'un de ces matins-là qu'il avait rencontré Anjum Kasri. Il nettoyait son arme quand Talal passa la brèche ouverte dans le mur de sa maison. Ils étaient entrés en conversation, naturellement, comme si Anjum l'avait attendu pour boire le thé. Talal maîtrisait correctement l'arabe, qu'il entendait souvent à Istanbul dans son enfance, et qu'il avait perfectionné au fil de ses missions. Il s'assit avec le combattant dans la pénombre de la maison. Il le photographiait tandis qu'il parlait, assis sur un canapé éventré, dans les plumes et la poussière. Il avait appuyé son bras à la crosse de son fusil. Son visage était recouvert d'un keffieh qui ne laissait distinguer que ses yeux. Anjum était issu d'une famille qui confectionnait des savons depuis plus d'un siècle. Il faisait partie de cette jeunesse syrienne que la Révolution avait emportée dans son sillage. Très tôt, après l'euphorie des premiers mois et l'enthousiasme des cortèges, il avait rejoint le bastion insurgé du quartier de Salaheddine.

— C'est le doute et le deuil qui ont succédé aux cris de liberté, expliqua Anjum. Les militants de la résistance civile ont d'abord été rejoints par les déserteurs des milices du régime, pour devenir l'Armée syrienne libre. Mais depuis quelque temps, notre armée a été infiltrée par les bandes de l'État islamique, qui ne se distinguent plus maintenant des révolutionnaires civils et laïcs. Je ne sais plus bien, à présent, pour qui je me bats.

L'optimisme se maintenait difficilement à la surface de ses pensées. C'était plutôt l'impression d'une longue défaite qu'il lui semblait vivre chaque jour, l'impression de connaître sa fin avant même qu'elle ne l'attrape. Son père, Ephrem Kasri, était mort quelques mois auparavant dans un bombardement. C'était pour sa sœur et sa mère qu'il avait peur à présent.

— Au début, les insurgés voulaient la liberté, reprit-il. Puis ils ont voulu faire tomber le régime. Maintenant, ils veulent diriger le pays. Je vois jaillir la mort tout autant de mon camp que de l'autre. Je ne sais plus qui croire, comment croire encore.

Et pourtant, il pressentait qu'il ne pouvait rien faire d'autre que de continuer, se battre, se cacher, se replier, tenir ses positions, chercher de quoi manger et boire, tenter de dormir, et puis toujours attendre, attendre, attendre. Une obscure raison le retenait là, quelque chose qu'il ne savait nommer et qui pourtant le dévorait, jour et nuit, dans la gorge brûlante de sa ville en guerre.

Anjum avait proposé à Talal d'être son fixeur à travers les rues saignées d'Alep. Ce jour-là, il l'avait conduit jusqu'à la savonnerie de ses parents, à l'autre extrémité de Point Zéro. L'atmosphère s'obscurcissait à mesure qu'ils s'éloignaient dans les entrailles du quartier. En passant à travers les maisons, ils virent une mère de famille qui lisait le Coran à ses enfants, et une guitare bleue posée près d'un fusil. Pour accéder à la savonnerie, ils durent traverser un large passage découvert, exposé aux tireurs qui se postaient parfois, à cet endroit, sur les toits des immeubles en ruine. Ils s'engouffrèrent dans un bâtiment et rejoignirent une salle souterraine par une échelle appuyée au plafond éventré. Quand leurs yeux se furent accoutumés à la pénombre, ils virent devant eux une immense étendue de savon vert, aux dimensions d'une piscine, qui sentait l'olive et le laurier. Une jeune fille pratiquait l'épandage à l'aide d'une pompe, tandis qu'une femme plus âgée lissait la surface avec une planche en bois. Anjum lui présenta sa sœur, Souhir, et sa mère, Nayla.

La mère cessa aussitôt son travail pour venir vers eux. Elle glissait sans bruit sur le sol de pierre, le corps dissimulé par des vêtements amples et austères. Son visage ridé était drapé dans un foulard. Elle salua Talal en inclinant la tête, puis saisit les joues de son fils entre ses deux mains et appuya son front contre le sien.

— C'est toujours ce qu'elle fait, maintenant, à chaque fois qu'elle me voit, commenta Anjum.

Nayla Kasri esquissa un sourire communicatif, qui marqua davantage ses rides au niveau des pommettes. Puis Talal l'interrogea sur son métier, sur les difficultés qu'elle rencontrait pour le poursuivre au quotidien.

— Depuis le début de la guerre, détailla-t-elle, nous souffrons d'un manque d'approvisionnement en matières premières. Les champs d'oliviers et les vallées de lauriers, à soixante kilomètres d'Alep, sont aujourd'hui gardés par des bandes armées. Le transport des savons entre l'atelier et la frontière libanaise est également devenu très compliqué. Ce n'est qu'une question de semaines avant que nous soyons forcés de cesser notre activité.

— Envisagez-vous de quitter la ville ? demanda Talal.

Le regard de Nayla s'obscurcit d'un éclat de regret.

— D'autres familles de savonniers sont déjà parties s'installer à Nizip ou à Antioche. Mais je ne partirai pas sans mes deux enfants. Depuis la mort d'Ephrem, ils sont tout ce qu'il me reste.

Au bord de la cuve, Souhir avait déposé la pompe pour s'approcher d'eux. Elle avait un teint mat, un teint de miel et de basalte. Sa lourde chevelure noire n'était pas voilée, mais ses yeux l'étaient, à leur façon, par une forme de tristesse, l'ombre de vastes mondes intérieurs.

— Je ne veux pas quitter Alep, se justifia-t-elle. Je suis née ici. J'ai vu mon père, et mon grand-père avant lui, se battre pour faire fonctionner cette savonnerie. Mon père disait qu'il se tenait debout devant cette cuve avant que Hafez al-Assad n'arrive au pouvoir, et qu'on l'y trouverait encore quand son fils Bachar serait mort. Et même si la guerre a eu raison de lui, je veux honorer cette promesse, la promesse de notre famille.

Souhir Kasri portait encore en elle les souvenirs de son enfance avant la guerre. La clameur des rues, les odeurs de charbon de bois et d'essence, le dédale des souks, les échoppes d'épices et de souvenirs, les jardins de roses et de jasmin. C'était cette région de la Terre, sèche et aride. Cette région de lunes rouges et de tempêtes de sable. Où la lumière tombait du ciel comme s'il pleuvait du soleil. Son regard disait encore quelque chose du bonheur qu'elle avait, enfant, à courir avec son frère autour des cuves de savon, vertes, odorantes, voluptueuses.

— Au début, mes parents désapprouvaient le fait que je prenne part aux manifestations avec Anjum. Ils trouvaient cela trop dangereux. Mais maintenant que le danger est partout, ma mère ne dit plus rien. Anjum court les rues avec son fusil, et elle ne dit rien.

Elle adressa à Nayla un regard en biais, un regard de défiance chargé de tendresse.

— Tu es journaliste ? reprit Souhir en désignant l'appareil photo de Talal.

Il acquiesça en silence. Il était dépassé par l'énergie de cette fille, par la force de caractère qui émanait de ses paroles, de ses convictions.

— À quoi servira ton reportage ? poursuivit-elle. Tout le monde sait déjà ce qui se passe à Alep. Et personne n'agit. Nous sommes seuls au monde. Tes photos n'y changeront rien.

Elle disait cela sans animosité, sans réprobation. C'était seulement un constat, une évidence. Elle n'était pas résignée. Une certitude l'animait, une confiance, un espoir sans transigeance.

— Nous gagnerons, dit-elle encore. Mais nous gagnerons seuls.

Souhir offrit à Talal de lui faire visiter les profondeurs de l'atelier. Elle l'accueillait dans son royaume. Elle lui expliqua que la préparation dont il avait vu l'épandage sur le sol avait été obtenue grâce au processus de cuisson, au cours duquel elle avait ajouté de l'huile extraite des noyaux d'olives, de l'huile de baies de laurier et un peu de soude pour provoquer la réaction de saponification. Après le séchage, la préparation pouvait être découpée. Ils réalisaient ce processus avec l'aide de plusieurs ouvriers qui continuaient à travailler pour eux. L'un d'entre eux se tenait en équilibre sur un râteau en bois tiré par les autres hommes, et exerçait, grâce à son poids, une pression suffisante à la découpe des cubes de savon.

Après la visite, elle prévint son frère qu'elle souhaitait retourner avec lui à Point Zéro pour voir l'une de ses amies. Talal se maintenait à l'écart de leur échange, réalisait quelques clichés de l'atelier, des outils, des cubes de savon vert qui s'accumulaient encore dans un recoin obscur, dans l'attente d'un long voyage. Souhir embrassa sa mère et s'engagea sur l'échelle, suivie aussitôt par Anjum. Talal lança un dernier regard vers Nayla Kasri, qui demeurait seule, silhouette vêtue de noir, au bord de la cuve miroitante.

L'échelle les avait ramenés vers les courants d'air du monde situé à la surface. En quittant le bâtiment ouvert aux quatre vents, ils retrouvèrent la large rue sableuse qu'Anjum et Talal avaient empruntée un peu plus tôt. Anjum ouvrait la voie. Il leur ordonna de s'arrêter à la lisière du passage découvert. Il scrutait, la main en visière, la cime des immeubles qui endiguaient la rue, cherchait un signe, une preuve de leur sûreté, dans l'absence de reflets métalliques qui auraient révélé, là-haut, la présence invisible de l'arme d'un tireur. La voie semblait libre. Ils s'avancèrent prudemment, le dos courbé, en conservant un écart de sécurité entre chacun, vers l'abri de la maison qui leur faisait face à deux cents mètres de distance.

Une première bombe explosa à l'extrémité sud de la rue. Talal entendit le bruit seulement après avoir été projeté à terre. Le souffle de la déflagration l'avait fauché avant même sa répercussion sonore. Un vaste nuage de sable envahit la rue entière comme une onde sismique, à la vitesse d'une tornade. Allongé sur le sol, il se cacha les yeux avec son bras et se replia instinctivement sur lui-même. Immobile, incapable du moindre mouvement. Vint ensuite la deuxième explosion. Toute proche, dans le tremblement de l'air, la pulvérisation de la matière. Et encore une autre, suivie d'une pluie de débris solides, opaques, qui tombèrent du ciel à quelques pas de lui. Des fragments de béton arrachés à un immeuble. Des traînées de feu, dans le fracas de la chute.

Puis ce fut le silence. Le silence de la ville et de la mort après les bombes. Talal se redressa. Ses oreilles sifflaient. Un sifflement douloureux, lancinant. Il sentait le sang qui coulait sur son visage. Il porta une main à sa tête, toucha une éraflure sur sa tempe. Il tenta de se dire qu'il était en vie, mais l'idée se dissipa dans la fumée. Derrière le nuage de poussière, Anjum se redressait aussi, il était de dos puis il se retourna, il cracha du sang et releva les yeux.

Entre eux, dans la profondeur du sable, gisait le corps sans vie de Souhir Kasri.

À Büyükada, les jours de beau temps, la lumière qui précédait la nuit ne semblait jamais lui céder. Elle venait de la mer et rebondissait contre les roches, avec cette douceur unique qui atténuait le contour des choses, sombres falaises découpées sur le ciel, rayons dorés et tièdes de l'hiver. C'était l'une des îles Adalar, située au large d'Istanbul. Talal y avait grandi, élevé par le père de sa mère. Depuis qu'il avait quitté l'île pour s'installer à Berlin, Büyükada était restée le centre stabilisateur, la force équilibrante de sa vie. Un refuge, vers lequel il revenait, reportage après reportage, rendre visite à son grand-père. Le lieu était le même, toujours. La même distance entre l'eau et le ciel, le même vertige. Une île sauvage au milieu de la mer de Marmara. C'était pourtant, cette fois-ci, la dernière fois qu'il y revenait, sa dernière traversée vers l'enfance.

Il avait reçu la nouvelle du décès de son grand-père au moment de quitter la Syrie. Il était assis alors, défait, brisé, à l'arrière d'un car qui continuait à effectuer, chaque jour, le trajet impossible entre Alep et Adana. Un message laconique, écrit en turc, s'était affiché sur l'écran de son téléphone portable. Un voisin avait retrouvé le corps d'Ayaz Bayram sur un sentier de terre, au milieu de l'île. Ses obsèques avaient eu lieu quelques jours plus tôt. Celui qui lui avait tenu lieu de père était mort. Il avait été enterré. Et, dans les ténèbres infinies d'Alep, Talal n'en avait rien su.

Il arriva à Büyükada en bateau, un soir de la fin janvier, cinq jours après Alep. Vue de la mer, la maison avait déjà un air d'abandon. Elle semblait s'effondrer, s'écrouler sur elle-même, comme une coquille vidée de sa substance, de la vie qui tenait debout les murs et ouverts les volets. En l'apercevant ainsi de loin, Talal ressentit la même détresse que celle qui s'insinuait en lui face aux objets abandonnés, oubliés, déchus. Il songea qu'il était bien possible d'aimer un lieu, de l'investir d'une âme, de pleurer pour lui. L'amour ne se réservait pas aux êtres doués de conscience. L'amour s'accrochait à tout. Il était possible de pleurer pour une fleur qui se fane, pour un appareil photo qui se brise, pour une maison en ruine. La sensation de trahison restait la même. La perte et l'abandon. Certaines choses ne pouvaient simplement pas être remplacées. Et c'était cette maison qu'il allait à présent devoir désemplir, démanteler, pour pouvoir la vendre ensuite, tourner définitivement cette page de sa vie.

Il essayait encore d'accepter l'idée que son grand-père n'apparaîtrait plus jamais dans la garrigue, dans la combinaison d'apiculteur qu'il revêtait pour partir vers ses ruches. Il était alors possible de le voir traverser l'île comme un cosmonaute, petite silhouette blanche et voûtée, progressant le long des chemins de terre de sa démarche lente et chaloupée. Plus maintenant. Plus jamais, maintenant. Talal ressentait de plein fouet la douleur de la perte. La perte de la dernière personne qui le reliait encore à l'enfance, mêlée au deuil qu'il éprouvait pour celles et ceux qu'il avait vus mourir en Syrie.

Tout au long de la traversée en *vapür* entre Istanbul et l'île, il avait essayé de mieux comprendre la vie de son grand-père. Avait-il été heureux ? Avait-il été sûr, toujours, de son chemin ? Avait-il eu peur, en mourant, sur ce sentier, au retour des ruches, d'un arrêt du cœur ? Accoudé à la rambarde du ferry, les joues giflées par l'air marin, il regardait Istanbul s'éloigner pour ne devenir qu'une silhouette estompée dans le brouillard. La marée de ses toits à perte de vue. Les hautes et fines tours de ses mosquées. Et partout, autour du vapür, l'ondulation violacée des flots. La banalité de la mort d'Ayaz, l'absence de cause supérieure, d'explication du destin, semblait éclipser ce qu'avait été son existence entière. Dernière marque de son passage, les contours de son corps écroulé dans la terre brune de l'île de Büyükada. Linceul de circonstance, le blanc de son habit d'apiculteur.

Dans la maison, Talal se mit au travail. Pendant des jours, il entreprit, scrupuleusement, d'en arpenter chaque pièce. Il y avait des cadres avec des photos de ses parents, de sa grand-mère qu'il avait peu connue. Des bibelots en bois et en étain. Dans la chambre d'Ayaz, il retrouva des dizaines de carnets que celui-ci lui montrait souvent dans son enfance. Il les avait complétés, au fil des années, avec des cartes postales envoyées par les parents de Talal avant leur mort, à chacune de leurs escales. Voilà ce qu'était cette demeure : un lieu vers lequel il avait toujours été possible de revenir, même des plus longues distances, même des plus longs voyages.

Le soir, il s'asseyait sur le balcon, fumait une cigarette de tabac blond. La vue était toujours la même. Le calme et la beauté de la mer vide. La mer qui se brise autour de l'île. La terre, parfois, ne se distinguait pas de l'eau, quand le vent se levait et que les nuages s'amoncelaient. Des monstres semblaient alors émerger des flots. Mais ce n'était que des vagues. Talal les regardait avancer, se déformer, disparaître. Au loin, le phare guettait. En première ligne des embruns, des tempêtes, des ennemis, il ne laissait rien passer qui puisse abîmer l'île. Et sa silhouette, de menace ou de réconfort, peuplait l'horizon solitaire. Il en avait toujours été ainsi.

C'était le neuvième jour après Alep, le treizième jour après Alep, le vingtième jour après Alep. Le temps s'écoulait maintenant à la mesure de l'après. Sa vie sur l'île se mêlait à ces souvenirs de Syrie qui lui revenaient, sans cesse, dans le sommeil et dans l'éveil, au fil des photos qu'il éditait, la nuit, dans le bureau de son grand-père. Au milieu d'une rue en ruine, un combattant déposait un chat dans les bras d'un enfant. Juste après les bombes, un ancien vendeur de fleurs soignait les blessés sans distinction entre les deux camps. Une vieille femme errait de maison en maison sans retrouver la sienne, et cherchait des indices parmi les décombres. Dans un jardin préservé au cœur de Point Zéro, des femmes se rencontraient pour discuter en cultivant la terre. C'était l'empreinte de ces instants, de ces vies, qui s'affichait à présent sur l'écran de son ordinateur. Des millions de pixels. Figés. Tous ces êtres qu'il avait rencontrés sur son passage, dont la trace s'était inscrite dans sa mémoire, et dont il n'aurait jamais de nouvelles. Tous ces êtres qui semblaient appartenir à la mort. Un sentiment d'absence en émanait, comme de ces étoiles lointaines que l'on contemple en sachant qu'elles sont déjà sans vie. Et le visage de Souhir Kasri, ce visage qu'il n'avait pas eu le temps de photographier, lui revenait la nuit, en cauchemar, dans les détonations et la poussière des bombes.

Le départ approchait, l'exil définitif. La maison de son enfance était presque vide, désormais. Derrière Talal ne resterait que ce qu'il ne pourrait emporter ou ce qu'il ne pourrait effacer. Ces quelques souvenirs demeureraient intacts, pour des années peut-être, jusqu'aux prochains propriétaires, qui ignoreraient tout de sa famille et de leurs existences. La lumière du matin dans la chambre où Talal dormait quand il était enfant. Les lourds meubles en bois hérités d'un aïeul. Les papiers peints décollés qu'il avait toujours connus. Les volets roulants devenus si délicats à manier. Les miroirs oxydés dans lesquels apparaissaient, jadis, des visages aimés. Sur le balcon, des mauvaises herbes prenaient racine dans les joints du carrelage. Ce qui avait toujours constitué son identité semblait être sur le point de disparaître définitivement. Il songeait encore aux soirs de son enfance où il s'endormait en imaginant la vie de l'autre côté de la mer, qui dissimulait des pays inconnus et mystérieux, au départ et à l'arrivée de tous ses rêves. Mais ce souvenir était de plus en plus flou. Comme si sa flamme, en vacillant, menaçait de s'éteindre et d'emporter avec elle toute la lumière du monde. Ce monde existait encore, pourtant, il était là, sous ses yeux. Mais son existence supposait aussi la possibilité de sa fin. Car, bientôt, il faudrait partir. Quitter ce balcon ouvert sur la mer. Quitter ce jardin redevenu sauvage après avoir été fertile. Quitter en lui la part d'enfance qui ne serait plus jamais.

Le cimetière était ouvert sur la lande frémissante. Un mur de brique était en train d'être bâti juste derrière la tombe de son grand-père. Perte de l'horizon.

L'après-midi sur l'île avait toujours cette couleur dorée, qui lui donnait l'impression de se baigner littéralement dans la lumière, liquide et mouvante, qui dansait partout autour de lui. Il fermait les derniers cartons qui s'amoncelaient à présent dans le salon, dans la salle à manger, dans le couloir. Depuis plusieurs jours maintenant, un papillon de nuit surgissait en fin de journée et voletait dans la maison sans qu'il parvienne à le libérer. Il ouvrait la fenêtre en grand pour lui permettre de sortir, mais le papillon s'envolait à l'opposé, comme s'il refusait la fuite. Talal avait fini par se résigner à cohabiter avec le bruissement de ses ailes et les éclairs d'argent que créait son passage furtif devant ses yeux. Et si quelque chose en lui l'attendrissait, si quelque chose en lui serrait son cœur, c'est qu'ils avaient la nuit en commun, un état perpétuel de solitude et de chagrin.

C'est Liouba qui l'appela un soir où il était assis sur le balcon. Vingt-cinq jours après Alep. Elle l'appelait depuis la chambre d'un hôtel à Moscou. Elle lui dit ce qui s'était passé dans la forêt de Dvinsky. Elle lui dit qu'elle n'était pas prête encore à rentrer à Paris. Elle lui dit qu'elle redécouvrait la ville de son enfance. Il lui répondit qu'il était allé en Syrie, et qu'il était à Büyükada, maintenant, pour vider la maison de son grand-père, dans le calme et la solitude de l'île. Puis ils s'étaient tus. Ils n'avaient pas de mots pour décrire l'horreur. Et ils avaient entendu un cri dans leur silence, cri d'agonie de ne pouvoir s'étreindre, de ne pouvoir être ensemble. Ils étaient convenus d'un rendez-vous à Moscou quelques jours plus tard.

La poursuite recommençait. Car c'était cela, précisément. Une histoire de poursuite. La même impression qu'il ressentait avant de partir en mission dans un pays lointain. Une fébrilité, l'envie d'aller chercher quelque chose, sans savoir vraiment quoi. L'envie de poursuivre quelque chose qu'il ne savait pas toujours nommer. Une ombre qui vacille dans le clair-obscur, sans parvenir à la distinguer clairement. Une silhouette. La forme d'un désir, d'une aspiration, un semblant de futur qu'il croyait pouvoir saisir.

Trente jours après Alep, il quitta l'île de Büyükada pour la dernière fois.

Liouba se mouvait à la même vitesse que la foule, le long des couloirs du métro moscovite et jusqu'à l'escalier mécanique, abrupt et infini, qui plongea soudainement sous ses pieds, vers la chaleur du ventre de la terre. Après les premières minutes de descente, d'une lenteur extraordinaire, au rythme imposé de l'escalator sur lequel elle se tenait debout, accrochée à la rampe, immobile, elle ne fut plus capable de savoir à combien de mètres de profondeur elle se trouvait. Dans des cabines vitrées, en contrebas, des *babouchki* la scrutaient, sévères et atones. Au terme de son voyage vers les profondeurs, ce fut de nouveau le sol de marbre, lustré comme une piste de danse, où glissait la valse de la foule pressée. Et l'immense fracas des trains, vagues toujours renouvelées d'arrivées et de départs, ne l'empêchait pas d'entendre le silence que tous gardaient autour d'elle, l'oreille tendue dans l'espoir, peut-être, de percevoir l'infime et invisible musique de cet incroyable opéra souterrain.

La nuit qui était tombée à Moscou en fin d'après-midi ne pouvait rien contre les barricades de lumière, et le bleu sombre du ciel s'éclairait à présent des reflets de neige. Liouba avait rejoint en métro l'île Bolotny, au centre de la ville, et attendait Talal au Strelka Bar. Elle sentit sa présence derrière elle avant même de se retourner. Liouba, dit-il, et la collision n'était plus évitable à présent, leurs vies se percutaient encore. Ils se regardèrent, les yeux dans les yeux, à moins d'un mètre l'un de l'autre, immobiles, en silence. Et soudain, l'étreinte éperdue qu'ils avaient appelée de leurs vœux plus d'un millier de fois, l'étreinte qui avait le pouvoir d'unir leurs vies et leur chagrin, l'étreinte les projeta l'un contre l'autre.

Ils commandèrent deux cocktails, tombant aussitôt d'accord sur celui qu'il fallait préférer, un demi-citron vert sur une banquise de glace pilée, une larme de vodka, un soupçon de bière, quelques lamelles de gingembre confit.

— Je suis désolée pour ton grand-père, commença-t-elle.

— Je suis désolé pour la forêt, répondit-il.

Ils se regardèrent sans sourire, d'un long regard de deuil et de douleur, puis ne dirent rien pendant un moment. Ils contemplaient fixement le bleu nocturne de la baie vitrée, qui s'ouvrait sur le fleuve en contrebas. Elle avait les larmes aux yeux. Il lui saisit la main au-dessus de la table.

— Une dizaine de morts, reprit-elle comme si elle poursuivait à voix haute le fil d'un monologue intérieur. Une trentaine de blessés. Le chef des activistes, Irek Babaï, a survécu. Il a été arrêté à son domicile quelques jours après la fusillade. Il risque vingt ans de prison pour sédition.

C'était ces chiffres qu'elle ressassait, jour après jour, depuis son retour à Moscou. Elle allait se recueillir au parc Gorki, seule dans la neige. Elle restait longtemps parmi les sculptures gelées, taillées dans des glaçons cubistes aux facettes obscurcies. Elle avait l'impression d'être elle-même composée de glace.

— Les parents d'Esya, poursuivit-elle, m'ont recueillie comme si je faisais partie de leur famille. Lors de notre première rencontre, avant la mort de leur fille, nous n'avions parlé ensemble que d'hydrocarbures et d'hivers infinis. Nous ne nous connaissions pas. Et pourtant, ils ne voulaient plus me laisser partir. Ils étaient seuls au monde. Inconsolables.

Elle se tut. Talal pressa sa main un peu plus fort. Il savait qu'elle éprouvait, comme lui, la culpabilité des survivants.

— À Alep, j'ai vu une jeune fille mourir sous mes yeux, dit-il. Vingt ans à peine. Juste avant la bombe, elle m'avait raconté des bribes de son enfance à Alep. Le départ des milliers de petits cubes de savon vert, que ses parents envoyaient en camion sur les routes de Syrie, jusqu'à Palmyre, le long de la frontière irakienne, puis droit vers le Liban et le port de Lattaquié. Elle rêvait encore de leur voyage, elle rêvait encore de ces contrées qu'elle ne connaissait pas, qu'elle ne connaîtrait jamais, au-delà de l'édredon des vergers qui fondaient sa ville, l'autorisaient, rendaient encore Alep possible.

Autour d'eux, sur les visages et sur les tables du Strelka, glissaient de fins rubans de lumière, dont la couleur changeait au rythme des sons électroniques qui tombaient du plafond, légers, comme des flocons de neige.

— C'est finalement ce qu'on retient, reprit-il. Les souvenirs heureux de ceux qu'on a croisés. Et de ceux qui ont disparu.

— Parfois, se souvint Liouba, au cours de ses expéditions en mer, Irek Babaï s'arrêtait dans un hôtel de Vladivostok, sa ville natale. C'était un vieil hôtel soviétique dans lequel on entrait par le toit, et dont les soubassements s'enfonçaient le long d'une falaise, avec des fenêtres ouvertes sur le Pacifique. Il parlait souvent de cet endroit. Il y avait été heureux. Il y passait des soirées à boire avec l'un de ses meilleurs amis, qui tenait cet hôtel depuis toujours. Un jour, en rentrant d'un long voyage en mer, il avait appris que son ami était mort, et que l'hôtel avait fermé. Découvrir ces faits longtemps après qu'ils s'étaient produits lui avait fait perdre la raison pendant des jours entiers. Une désorientation profonde. Un deuil impossible. Il était livré définitivement à l'exil.

— C'est de cette façon que j'ai perdu mon grand-père. Je l'ai perdu alors que je croyais savoir parfaitement où je pouvais le retrouver. Comme on égare parfois un objet de valeur sans jamais plus pouvoir remettre la main dessus. Il est possible de disparaître pour toujours, d'être là un instant puis absent, absent à jamais, irrémédiablement disparu.

Liouba vida son verre et attrapa son sac à main qu'elle conservait près d'elle. Elle l'ouvrit et en montra discrètement l'intérieur à Talal. Il y vit l'éclat argenté d'une arme à feu enveloppée dans une écharpe.

— C'est l'arme avec laquelle j'ai tiré dans la forêt, dit-elle. Je n'arrive plus à m'en séparer. J'ai peur maintenant, partout, tout le temps. Comme s'il faisait toujours nuit.

Il la regarda avec beaucoup de douceur.

— Tu es morte dans cette forêt comme je suis mort en Syrie. La suite de notre vie nous a été donnée de surcroît. Il faut tenter de la vivre.

Ils quittèrent le bar et remontèrent vers le pont du Patriarche, qui traversait la Moskova jusqu'au Christ-Sauveur. La cathédrale se dressait là, titanesque, au bord du fleuve, avec une allure orientale, quelque chose d'inouï dans la blancheur de ses murs et dans l'éclat de son dôme, irradiant même en pleine nuit, comme un phare céleste, insubmersible et minéral. En imaginant quitter Moscou, Liouba sentait à quel point cette ville l'habitait, l'avait toujours habitée jusqu'à ce qu'elle y retourne, et continuerait à l'habiter après son départ. Et elle sentait pourtant aussi, de façon contradictoire, qu'il lui était possible de la quitter pour toujours.

Sur le pont, Talal lui adressa un signe de la tête. Elle entrouvrit son sac et en sortit l'arme, avec précaution. Les lumières de la ville tournoyaient autour d'eux. Il l'invita à jeter le pistolet dans le fleuve. Elle le fit. Ils regardèrent l'objet couler à pic dans l'eau rapide et noire qui circulait au-dessous d'eux, emportant par le fond la trace ultime de la nuit.

Accoudés au parapet, épaule contre épaule, ils observèrent la lune qui s'accrochait aux nuages de neige. Elle leur rappelait les autres lunes qu'ils avaient contemplées ensemble par le passé. La superposition des lieux et des saisons réveillait en eux le souvenir de ce qu'ils étaient alors. Il sourit. Elle lui rendit son sourire. Alors il se pencha vers elle et l'embrassa, dans un mouvement spontané mais très lent, et dans ce baiser, ils se souvinrent de tout. Toutes les histoires de cet amour suspendu qu'ils avaient vécues ensemble. Leurs débuts et leurs fins. Leurs ellipses et leurs acmés. Tout se mêla en un seul point, au premier contact de leurs lèvres.

Ils reprirent leur chemin dans la nuit moscovite. À travers le dédale des rues sombres, le long des immeubles cossus et des squares endormis, ils progressèrent dans les régions intérieures de la ville jusqu'à la rue du Vieil Arbat, où ils trouvèrent la foule des passants et les vitrines illuminées de petites matriochkas.

Ils demeurèrent longtemps dans cette rue, si pleine de vie et de lumière qu'il semblait émaner d'elle une chaleur, simple et pure, comme le courant qui surprend les nageurs dans l'océan, et les réchauffe, quelques instants, au milieu des eaux glaciales. Ils étaient pris par ce courant, et, mus par sa force, se rapprochaient l'un de l'autre au gré des contacts tantôt timides, tantôt conquérants, auxquels ils se risquaient.

Ils flânèrent de boutique en boutique, et dans l'une d'elles, parmi les étalages d'effigies soviétiques et de poupées russes peintes à la main, Talal coiffa Liouba d'une chapka, rose fluorescent, couleur récif de corail. En levant les yeux vers lui, comme une tsarine peinte par Warhol, elle ressentit une impression de chaleur et de mélancolie, une forme d'espoir après le chagrin, après le deuil, la sensation de renaître à elle-même dans sa ville d'origine. Elle se blottit contre Talal, debout près d'elle, et lorsqu'il l'entoura de ses bras, elle éprouva dans chaque parcelle de son corps le sentiment flou, imprécis et vertigineux de l'amour.

Ils parvinrent au pied de l'hôtel où Liouba avait sa chambre, mais, à ce stade de la nuit, il leur était devenu impossible de se quitter ici. Elle l'invita à monter, comme s'il n'avait jamais été question qu'il rentre jusqu'à son hôtel éloigné de Kitaï-Gorod. Et pourtant, lorsque les longs couloirs de moquette rouge les eurent amenés à la porte de la chambre, lorsque la porte fut franchie et refermée, lorsque la pièce les accueillit tous les deux dans sa sensuelle obscurité, Talal sentit que Liouba était farouche encore, encore intimidée. La prenant dans ses bras, la serrant contre son corps, il l'embrassa avec fougue, l'enveloppa de sa tendresse et de sa force, et la sentit réagir, de plus en plus ardente, à ses baisers. Pour la première fois il la déshabillait, découvrait la cartographie de son corps nu, et la pudeur de Liouba sembla céder à son désir. Vêtue seulement de ses fragiles sous-vêtements en dentelle noire, elle entraîna Talal vers le lit, enlaça son visage au niveau de sa poitrine, comme pour le fondre en elle à l'endroit de son cœur. Il leva la tête vers elle et trouva sa langue éperdue contre ses lèvres. Il glissa sa main vers le bas de son ventre et elle referma ses cuisses autour de sa proie, aimantation irrépressible. Puis Liouba déshabilla Talal à son tour, lentement, et le temps s'amplifiait à la mesure de son émerveillement. Celui de découvrir son corps si svelte, si fort, sous les épaisseurs des vêtements qui opposaient leur chaleur à l'hiver russe. Celui d'accomplir enfin son désir, si longtemps empêché par les contingences de leurs vies, par les résistances de leurs vies. Tout était possible. Les digues cédaient face à l'emportement du fleuve. Ils furent nus enfin, l'un face à l'autre, affranchis de toute barricade, entièrement l'un à l'autre. Et ils firent l'amour dans ce vieil hôtel soviétique, dans le bleu de la nuit qui emplissait la chambre de sa clarté, et rien n'exista plus que l'adéquation de leurs deux corps, la peau contre la peau, l'accroche éperdue des regards. Un mystère semblait circuler doucement entre eux, comme une rivière qui les entourait et les liait par son courant, à l'instant de se laisser apprivoiser par cette altérité tant de fois désirée, tant de fois perdue, tant de fois retrouvée.

Après l'amour, Talal s'endormit dans les bras de Liouba. Dans la chambre, soudain, le silence lui apparut étourdissant, comme si la ville entière s'était assoupie sans préavis, et elle demeura longtemps les yeux fixés sur les rais de lumière qui ondoyaient au plafond. C'était le premier moment de l'amour, de doute avant toute chose, d'exaltation mêlée de peur, d'incertitude mêlée de foi. C'était le courage d'aimer sans se le dire encore, d'aimer au risque du mystère qui perdurait en l'autre, qui définissait l'essence même de l'autre. C'était aussi cette douceur de partager, pour la première fois, le sommeil de l'être aimé, de côtoyer ses rêves, sa chaleur nocturne, ses légers sursauts et ses étreintes inconscientes. Elle finit par s'endormir, sans doute, car la circulation des voitures sur la place Smolenskaïa-Sennaïa la réveilla peu après l'aube. Elle ne sut d'abord où elle se trouvait, entre ces draps qui sentaient la lessive et le bois de sapin, puis elle vit Talal à ses côtés.

Alors elle se glissa hors du lit et alla à la fenêtre pour regarder les couleurs du jour naissant. Elle songea à la journée qui les attendait, et à toutes celles qui suivraient. Tout ce qu'ils allaient vivre enfin, ensemble, elle le vit dans les lumières de ce matin-là – le premier matin après l'amour.

2040

Aslam avait continué à planter des arbres jusqu'à ce que la marée monte, jusqu'à ce que les vagues atteignent les premiers troncs de la palmeraie et se répandent plus loin encore, à travers les arbres, longs serpents aquatiques rampant vers le cœur de l'île. Seules restaient à présent émergées les jeunes pousses des palétuviers et la mangrove originelle. Il était revenu sur ses pas, au fur et à mesure de la journée. Reculant toujours davantage vers la plage et la forêt. Continuant à creuser les trous dans le sable et la vase. Finissant son travail dans l'effluve des algues et la lenteur des flots qui circulaient à présent tout autour de lui. Les crabes s'étaient retirés dans leurs galeries souterraines, et le seul mouvement désormais était celui des vagues, à lui en donner le mal de mer sans avoir pourtant quitté la terre.

Au coucher du soleil, il avait rejoint la mangrove et s'était hissé sur la branche d'un palétuvier adulte. Quelque chose d'inhabituel, ce soir-là, semblait être contenu tout entier dans l'atmosphère. Un rayonnement particulier dans les dernières lumières, un léger rafraîchissement de la température, une puissance dans l'odeur de sel et de sable portée jusqu'à Aslam par le vent. Autant de manifestations inaccoutumées de la nature, qui le tenaient en alerte. Un vol d'oiseaux marins, venu du large, passa silencieusement au-dessus de lui. Il leva la tête, suivit des yeux leur formation à travers les branches, jusqu'à ce qu'elle ne soit plus qu'une petite tache étincelante, irradiée par la lumière du soleil couchant. Cela faisait des mois qu'il n'avait rien vu de tel. Le départ des pêcheurs avait précédé de peu celui des oiseaux. Un étourdissement monta en lui, une euphorie, un espoir. Quand il porta les yeux vers l'horizon, qui flamboyait des couleurs du crépuscule, il vit, frêles silhouettes tremblotantes, des centaines de voiles blanches levées contre le vent du large.

C'était comme un cortège, comme une armée née de l'océan et qui venait droit vers l'île. Aslam, de saisissement, se laissa glisser au bas de l'arbre. Le vent passa sur lui, hérissa ses cheveux et gifla ses joues. Lui qui vivait seul sur cette île depuis si longtemps était à présent pris d'une peur qui le figeait, piégé par tout ce sable liquide qui se refermait autour de ses pieds nus, comme un étau. Il restait là, immobile, à l'abri de la mangrove. Fine ombre presque décharnée, fantomatique, d'un homme quitté, d'un homme seul. Naufragé de la terre nourricière qui l'avait tenu en vie encore jusqu'à ce jour. Il regarda le cortège approcher, glisser lentement vers lui, et chaque mille parcouru était à la mesure du temps passé dans la solitude et de l'espoir ténu de voir revenir un jour ces bateaux dont le départ lui avait rompu le cœur. Des voix désormais emplissaient tout l'espace, des cris formulés en langue bajau, des harangues, et dans tout ce vacarme, au milieu de toute cette force vitale naviguant droit vers lui, il aperçut le visage de Rohama. Sa chevelure noire et ses yeux d'ambre brillant dans la pénombre. Il parcourut les derniers mètres qui le séparaient d'elle, l'océan désormais à hauteur de taille, pour accueillir dans ses bras l'extrême légèreté de son corps et tout le poids de ses souvenirs d'elle.

Autour d'Aslam et Rohama, les pêcheurs descendaient de leurs pirogues, les nouaient aux troncs des arbres, se félicitaient par de grandes accolades en riant et en chantant. Il y avait là Dafrin et Madhubala Batusura, les parents de Rohama, et une centaine d'hommes et de femmes de l'ancien village de Papan, laissé à l'abandon après leur départ, livré aux appétits de l'océan. Ils avaient tenté l'ailleurs, ils avaient fait le pari du départ, avant de revenir vers leur terre natale dont ils n'avaient pas su rester séparés plus longtemps. Ils avaient fondé leurs vies et leurs familles sur cette île. Après tant de siècles passés par leurs ancêtres sur les mers de l'éternel exil, le déracinement n'était plus envisageable.

La nuit était maintenant tout à fait noire autour d'eux. Seules perduraient dans le ciel les dernières lueurs nocturnes de rose et de violet qui teintaient, soir après soir, les immenses nuages posés sur l'horizon. Ils allumèrent un feu au cœur de la jungle, là où l'océan n'avait pas pu pénétrer, là où la terre gardait encore ses droits sur la mer. Ils déchargèrent les poissons de leurs pirogues, les firent cuire au-dessus du brasier, et ils s'assirent, ensemble, dans la forêt, pour goûter au festin de leur retour. Aslam regardait Rohama, assise à côté de lui, ne pouvant détacher ses yeux des siens. Elle était pleine de la grâce d'une fille qui avait su convaincre son père, et son peuple, de revenir vers l'île de son enfance, vers l'homme qu'elle avait toujours aimé. Elle se mit alors à chanter, et son chant s'éleva vers le ciel comme une lumière. C'était un chant de vie et de deuil, un chant si beau et si pur qu'il se confondait avec les étoiles, qu'il prenait corps avec elles. Des syllabes, de longues voyelles étirées, ondoyantes, qui formaient des mots inconnus, comme si elle était la dernière locutrice d'une langue abolie, de toute une grammaire oubliée des humains et pourtant toujours comprise des derniers habitants d'une île presque disparue. Car cette île en train de sombrer était habitée de nouveau, profondément humaine, dotée de cet espoir qui pouvait triompher de tout, et les miracles étaient possibles encore, comme il était possible de planter des forêts contre l'océan, de croire en l'amour et de renouveler le monde. Dans les profondes ténèbres qui ceignaient leur camp de fortune, Aslam se pencha vers Rohama et lui demanda d'être sa femme, celle qui, avec lui, se ferait gardienne de cette petite parcelle du monde, sur laquelle la solitude ne régnerait plus jamais.

Un mois après le retour des pêcheurs, la mangrove avait gagné de nouveaux hectares autour de l'île. Les jeunes pousses de la forêt aquatique agitaient leurs premières feuilles au vent du large et développaient silencieusement les racines de l'avenir dans le sable profond. Un village avait été rebâti au cœur de la forêt primaire. Au petit matin, pavoisé d'étoffes de couleurs et de longues guirlandes de fleurs, il fourmillait déjà des préparatifs de la célébration qui s'y tiendrait le soir, car ce jour était celui du mariage d'Aslam et Rohama.

Debout sur l'embarcadère qui avait été reconstruit dans la forêt, là où les vagues avaient à présent coutume de se hisser, Aslam scrutait les profondeurs de la jungle et, au-delà, le grand large de l'océan avec lequel il avait appris à vivre. Déjà vêtu de son habit de fête aux couleurs de l'ocre et du pourpre, il guettait l'arrivée du bateau qui devait lui ramener sa sœur. Jaya disparue depuis si longtemps, maintenant, lui avait annoncé son voyage, lui avait promis qu'elle serait de retour sur l'île pour célébrer avec lui ses noces. Aux abords de l'île, Aslam le savait, le bateau de Jaya serait rejoint par un cortège de pirogues chargées de fleurs, qui fendraient la mangrove et iraient vers l'île en même temps qu'elle. Ce retour aurait le pouvoir de recoudre la béance entre le frère et la sœur. La blessure de l'abandon. Tout serait pardonné, toute la souffrance de ces mois sans elle, les centaines de nuits où il avait dormi seul dans la forêt, les centaines de jours où il avait planté seul les arbres dont les premières graines avaient été semées par leurs parents. Et les retrouvailles de Jaya et Aslam auraient la force de la foi et la tendresse de l'absolution.

Quatrième partie

L'ÎLE

2014

La voiture filait à travers la chaleur terrassante des plaines massaï en direction de Dar es Salam. Ils avaient quitté l'auberge nichée au cœur de la forêt équatoriale en début de matinée, traversé Lushoto et ses vallées verdoyantes, avant de retrouver la vaste étendue plate de la savane au pied des montagnes. Partout autour d'eux, c'était la poussière de la route et la lumière zénithale, aveuglante, jusqu'à l'horizon. La Tanzanie n'en finissait pas d'éblouir leurs yeux et de serrer leurs cœurs. Assise à l'arrière de la vieille voiture conduite par Bahati Simango, Liouba gardait son regard arrimé aux paysages, à leur beauté brute et inouïe. Seuls le swahili, ses méandres et ses nuances, pouvaient rendre la couleur rouge de la terre, les silhouettes en parasol des acacias contre le ciel nébuleux, la poussière des rivières asséchées traversées en chemin. Seuls le swahili, sa lumière et sa musique, pouvaient dire quelque chose des ipomées violettes et blanches qui fleurissaient à perte de vue. Rien de ces paysages ne semblait être accessible à son langage, qu'elle partageait avec Gildas Estérel, le vieil ornithologue français assis à ses côtés sur la banquette arrière. Elle s'était jointe à son expédition, quelques semaines plus tôt. Il avait pour projet de passer plusieurs nuits sur la canopée de la forêt de Mazumbai, afin d'y observer une rare colonie de souimangas. Elle y avait retrouvé Bahati Simango, le jeune Tanzanien qui y tenait l'auberge dont elle avait si souvent rêvé depuis son premier reportage dans les monts Usambara. Il l'avait accueillie comme une vieille amie, avec un sourire lumineux, et les avait accompagnés tout au long de leur mission en les guidant à travers la forêt. Il entonnait à présent, sur la route cabossée de Dar es Salam, le refrain qu'il chantait toujours, dans les montagnes, à l'instant de franchir les creux profonds d'une piste inondée, *Polé Polé Hakuna Matatizo,* pour couvrir les frémissements anxieux de la carrosserie.

La route était longue, une journée entière de voyage entre l'auberge forestière et l'aéroport, où Liouba et Gildas devaient, le soir même, prendre chacun un avion vers des directions opposées. Gildas rentrerait chez lui, à Paris, tandis que Liouba poursuivrait son itinéraire vers une destination lointaine où l'attendait Talal. Ce n'était que cela, une adresse sur l'écran de son téléphone portable, le nom d'un hôtel quelque part sur une île de l'océan Indien, et la promesse de le retrouver pour plusieurs semaines de vacances, loin de tout, seuls au monde. Ils s'étaient vus fréquemment au cours des derniers mois, entre Paris et Berlin, et ils habitaient à présent autant chez l'un que chez l'autre, au gré de la destination de leurs avions.

À Paris, le studio de Liouba était situé sous les toits, avec un sol en tommettes qui gardait la fraîcheur au milieu d'un printemps déjà presque caniculaire. Elle aimait marcher pieds nus sur le sol lisse, impression par la plante des altitudes urbaines. Quand elle s'asseyait à son bureau, elle n'apercevait que la cime des platanes oscillant avec le vent, bien loin au-dessus des parterres de jonquilles.

À Berlin, le deux-pièces de Talal n'était accessible que par l'ascenseur, qui menait, après la fin des escaliers, jusqu'à un palier dérobé. Son intérieur était à son image, ordonné, masculin, minimaliste. Par la fenêtre, il voyait la cathédrale et sa coupole vert amande, découpée sur le ciel sombre, strié d'éclats de lumière.

Leurs deux appartements étaient reliés, à présent, par le fil virtuel de leurs conversations incessantes, par messages électroniques et au téléphone, lieux clandestins d'une relation à distance.

Après la Russie, Liouba avait fait le choix de revenir aux forêts tropicales, ses premières amours, à leur refuge secret et protecteur. Elle avait passé des nuits entières à se hisser jusqu'aux cimes des arbres à bord d'une nacelle amarrée à la canopée. Au sommet, seul l'océan vert se détachait sur fond de ciel nocturne, obscurité horizontale, totale, de l'un des derniers déserts du monde.

Après la Syrie, Talal n'avait pas souhaité repartir en zone de guerre. Il s'était attaché à la Méditerranée en s'embarquant à bord d'un navire qui transbordait des réfugiés libyens, revenant ainsi à son sujet fondamental, à ceux qui partaient pour ne jamais revenir. Il avait décroché la commande d'un magazine pour une série de portraits en noir et blanc. Le monochrome permettait de détacher l'intensité des regards et l'immensité des flots, de fondre l'humain et l'élément naturel, l'eau, tout autour d'eux.

Leurs océans n'avaient pour point commun que l'immensité de l'horizon et la force de la couleur. À elle, le vert végétal et mouvant des canopées sous la pluie des moussons. À lui, le bleu aquatique et toutes ses nuances de profondeur dans le sillage du navire.

C'était lors de l'une de leurs entrevues à Berlin, sous les giboulées de mai, qu'ils avaient décidé de prendre des vacances ensemble à l'issue de leurs reportages. Et ils avaient choisi un point d'ancrage au milieu des océans, une île perdue au creux des péninsules de Sulawesi, en Indonésie.

Dans l'étuve de la voiture, aux vitres baissées sur le vent poussiéreux de la route, ils chantaient, donc, en chœur, Gildas et Liouba, le refrain de Bahati, auquel se mêlait à présent le son grésillant de la radio, une mélodie de hip-hop en swahili. Gildas maintenait cloué d'une main sur le sommet de sa tête un chapeau à la couleur du sable. Liouba, en pantalon de lin, son carnet ouvert sur ses genoux, finissait d'y inscrire, distraitement, les dernières notes de son reportage.

— C'est ce qu'on appelle le bongo flava, indiqua Bahati. Cette musique est née dans les rues de Dar es Salam dans les années quatre-vingt-dix. La jeunesse de la ville s'est inspirée directement du rap et du hip-hop américain lorsque nos médias se sont libérés après l'ère socialiste du président Nyerere. Mais nous savons tous, de toute façon, que le hip-hop puise ses racines dans la tradition orale de l'Afrique. Le bongo flava, c'est une sorte de retour à la maison.

Il parlait un anglais littéraire, impeccable, qu'il avait appris à Dar es Salam pendant ses études. Il devait hausser la voix pour couvrir le bruit ambiant du moteur et de la radio.

— C'est très agréable, répondit Gildas. Très plaisant, en vérité.

Il dodelinait de la tête, et sa barbe blanche, ébouriffée par le vent, lui donnait un air de vieux sage habité par l'appel d'une musique supérieure. Il avait toujours ce flegme, cette nonchalance, dans ses interventions, la distante tranquillité d'un homme qui avait dédié son existence à l'observation des oiseaux les plus discrets au monde.

À cet instant précis, de la fumée avait commencé à s'élever sous le siège avant, envahissant tout l'habitacle avant de se dissiper par les vitres baissées. Bahati pila brusquement et gara le véhicule au pied d'un manguier qui se dressait, seul, au bord de la route déserte. Gildas et Liouba sortirent de la voiture pendant que Bahati basculait le siège pour ouvrir le réservoir du liquide de refroidissement. Un jet brûlant se répandit sur la banquette arrière dans un nuage de vapeur d'eau.

— Il semblerait, cria-t-il à ses compagnons, que le moteur ait surchauffé.

Il s'affaira avec rapidité autour du véhicule en panne, qui se dissolvait déjà presque dans le paysage, maintenant que son moteur l'avait abandonné, que son âme de machine s'était envolée avec l'arrêt définitif de son mouvement. Il ouvrit le coffre, en sortit deux bouteilles d'eau qu'il versa dans le réservoir.

— Ça va durer un petit moment, annonça Bahati.

Il passa quelques appels en swahili sur son téléphone portable. Gildas et Liouba s'assirent sous le feuillage de l'arbre qui opposait son abri au soleil d'équateur.

— Que fait-on, dans ces cas-là ? demanda l'ornithologue.

Il ne semblait pas inquiet pour son avion. La situation le laissait perplexe, intrigué, livré à la curiosité d'un moment d'aventure peu commun.

— Je crois que nous n'avons qu'à prendre notre mal en patience, répondit Liouba en riant.

Au-dessus d'eux, des oiseaux tisserands construisaient un nid entre les branches. Ils étaient jaunes et blancs comme des fruits. Des fourmis se frayaient un chemin le long de l'écorce et s'éloignaient dans le sable en rangs serrés. Elles transportaient des débris végétaux sur leurs dos, petites taches de vert dans la poussière. Partout, le silence et la chaleur inondaient le paysage, le rendaient presque flou, tremblotant, un vague souvenir du monde. Bahati les rejoignit et s'assit en tailleur, adossé au tronc.

— Je me rends rarement à Dar es Salam, expliqua-t-il, mais quelquefois quand même, pour voir mes cousins. Je me sens plus à l'aise dans la forêt. J'attends les voyageurs, des scientifiques, le plus souvent, qui s'y installent pour quelques jours seulement. Je pilote mon drone au-dessus de la forêt. Je guette ceux qui viennent encore y couper du bois. L'ombre de l'engin les dissuade. Ils repartent au pas de course avant d'avoir pu y débiter la moindre branche. Je ne sais pas vraiment de quoi ils ont peur, parce que je n'aurais guère les moyens de les réprimander de quelque façon que ce soit.

Grâce à une subvention qui lui avait été accordée par l'administration de la réserve naturelle, Bahati avait finalement pu acquérir le drone dont il avait tant rêvé. Il parcourait les hautes altitudes sans se lasser, depuis le seuil de son auberge. Il effectuait de courtes vidéos, des photos de la forêt, la cartographie végétale de son écosystème.

— C'est un peu comme votre nacelle, reprit-il, s'adressant à Gildas. Vous la suspendez aux branches et vous vous hissez jusqu'au sommet. Prendre de la hauteur. Voir les choses depuis le ciel. C'était un rêve d'enfant, j'imagine. Quitter la terre ferme, explorer quelque chose d'autre que le niveau du sol, où ne passent finalement que les fourmis.

Liouba pensait encore aux nuits passées là-haut. Nuits d'étoiles et de silence, gardé religieusement face à l'immense beauté des canopées. Solidement attachés à la nacelle, ils y demeuraient des heures entières. Le chant des souimangas se levait avec la nuit et durait jusqu'au matin. Liquide. Cristallin. Comme une lumière sonore. Lorsque poignait l'aurore, il était possible de les apercevoir juchés au sommet des branches, éclats de vert et de bleu, les plumes frémissantes, ébouriffées par une sorte de mouvement imperceptible et perpétuel, qui les préparait toujours à l'envol.

Trois femmes passèrent devant eux, des paniers juchés sur leurs têtes. Elles semblaient venir de nulle part et n'aller nulle part. Il n'y avait rien d'autre autour d'eux que l'ombre du manguier et le reflet des champs de maïs à l'horizon.

Deux heures s'écoulèrent de la sorte, avant qu'un mécanicien ne survienne à bord d'une mobylette. Il avait fait toute la route depuis Lushoto, aussi vite qu'il avait pu, avec des pièces de rechange dont la nature précise n'était pas déterminée. Bahati se pencha avec lui sur l'intérieur de la voiture. Un échange de poignées de main scella le marché entre les deux hommes. Le mécanicien enfourcha son deux-roues et disparut en sens inverse, vers les montagnes.

— Ça devrait faire l'affaire jusqu'à Dar es Salam, dit Bahati.

Gildas haussa le sourcil droit avec un regard réjoui à l'intention de Liouba. Ils regagnèrent ensemble leurs sièges à bord du véhicule.

Ce fut de nouveau la route, son long serpentin de sable et de bitume craquelé, ses failles ouvertes dans le sol, ses détours et ses villages traversés, dont les maisons n'avaient que quatre murs et un toit de tôle. Le soleil poursuivait sa course dans le ciel, déclinait lentement, et la réapparition des ombres, qui s'étaient éclipsées avec le zénith, indiquait déjà l'approche du soir. Gildas à présent consultait sa montre d'un air encore partagé entre l'amusement et la vague inquiétude. Il ne restait guère que quatre ou cinq heures avant leurs avions, et la route était longue encore, à travers les plaines où cheminait parfois, vêtu d'un seul *shuka* à la couleur du sang et du ciel, un enfant massaï devant son vaste troupeau.

Puis ce fut la ville, la ville enfin, Dar es Salam au bord de l'océan Indien. Ses faubourgs, d'abord, dans la pénombre grandissante autour d'eux et la lueur voilée du soleil, qui tirait sa révérence derrière les grands nuages de pollution. Aussitôt après, ses boulevards chargés d'étals de bananes et de jacquiers. Et la foule, partout, sur la route et les bas-côtés. Dans la nuit tombante, qui réduisait le paysage aux faisceaux des phares, seule demeurait l'odeur d'essence et d'humidité s'engouffrant par les vitres mi-closes.

Bientôt, la voiture fut totalement à l'arrêt, au milieu d'un flot de véhicules dont il n'était pas possible de deviner le terme. Ils restèrent ainsi, prisonniers d'une immobilité presque complète, dans le vacarme des klaxons, alors que les aiguilles de la montre, au poignet de Gildas, continuaient à se mouvoir, inexorablement, vers l'heure fatidique à laquelle les vols seraient manqués. Si Liouba ne s'embarquait pas à bord du sien, elle manquerait également la suite de ses correspondances et le bateau à Gorontalo, qui ne partait qu'une seule fois par semaine pour l'île où l'attendait Talal.

— Et dans cette situation, que peut-on faire ? dit Gildas.

— Prendre un taxi moto, éventuellement, dit Liouba. Un slalom nocturne, cela vous tente ?

Il la regarda fixement, passa la main dans sa barbe avec l'air d'y réfléchir. Une mobylette les frôla, alourdie de quatre passagers qui portaient sur leur tête une casserole en étain en guise de casque. L'ornithologue secoua la tête.

— Autre chose, peut-être ? risqua-t-il.

Autour d'eux, la file des voitures avança légèrement. Bahati profita d'une trouée pour bifurquer brusquement, et s'arrêta au bord de la route, devant une échoppe en bois. La nuit était tout à fait noire, à présent. Il quitta le volant et contourna la voiture pour s'asseoir sur le siège passager avant, tandis qu'un homme s'engouffrait dans le véhicule à la place du conducteur. Gildas et Liouba échangèrent un regard interrogateur. Bahati procéda sommairement aux présentations.

— Baraka Mhela a une très bonne expérience de cette route, promit Bahati. Vous serez à l'aéroport à l'heure et sans problème. *Hakuna Matatizo.*

L'homme se retourna pour saluer ses passagers d'un signe de la tête. Il était jeune, vêtu d'un maillot sportif, une casquette vissée sur la tête.

— *Hakuna Matatizo*, répéta Gildas. Cette locution va finir par ne m'évoquer rien d'autre que les prémices d'un désastre.

Il haussa le sourcil gauche, et s'enfonça dans son siège.

Ce qui suivit ne ressembla à rien de connu, ni pour l'un, ni pour l'autre. Ils ne pouvaient que s'accrocher aux portières, les pupilles dilatées par la nuit, le regard rivé au bitume qui défilait, au-delà du pare-brise, à cent cinquante kilomètres par heure le long des avenues. Bahati se retournait parfois, le pouce levé, pour vérifier que tout allait bien pour eux. Il discutait en swahili avec Baraka, et ils ponctuaient leurs échanges de vastes éclats de rire.

— Est-ce que Baraka regarde la route ? s'affola Gildas. Est-ce que tu es sûre que Baraka regarde la route ?

Liouba restait silencieuse, la main crispée sur la portière. Lancés à pleine vitesse, ils frôlaient des voitures, les contournaient, ouvraient des passages dans le flot des carrosseries, comme s'il s'était agi de simples ronces sur un chemin forestier. La radio continuait à dispenser les rythmes ondoyants du hip-hop swahili.

— Ce bongo flava, déplora encore Gildas, va peut-être me rendre fou. Retour à la maison, disait-il tout à l'heure. J'aimerais bien, pour ma part, rentrer aussi à la maison.

Ils bifurquaient, chevauchaient le terre-plein central, empruntaient la voie à contresens lorsqu'elle n'était pas séparée de la leur, avant de se rabattre brutalement quand les phares des voitures en direction inverse se rapprochaient dangereusement. Finalement, ils fermèrent les yeux, en espérant que Baraka Mhela garde les siens bien ouverts.

Lorsqu'ils les rouvrirent, ils virent les vastes lumières des pistes d'atterrissage, et le bâtiment éclairé de l'aéroport, qui dressait sa stature de cathédrale au milieu de la nuit.

À l'heure de l'aurore, l'horizon éloigné se confondait avec les courbes de la Terre. Le soleil se levait derrière l'océan comme s'il provenait d'un monde souterrain. Une brèche s'était ouverte sur un autre lieu, un lieu de lumière exclusivement, un lieu de soleil éternel quand les ombres et le silence recouvraient encore la Terre.

C'est ainsi que Liouba était arrivée sur l'île. Enveloppée dans un blouson imperméable, penchée sur la proue d'un bateau. Escortée par les oiseaux marins et un fantôme de brume moite qui semblait monter du golfe de Tomini. Après une nuit de traversée, elle apercevait les contours de l'île indonésienne pour la première fois. Ses collines, ses rochers, ses mangroves et ses palmiers, dessinés sur l'infini de la mer. La couleur ocre de son sable, jaillie tout entière de l'eau sombre. Les premières maisons en bois du village de Malenge, alignées les unes contre les autres sur un croissant de plage.

Un embarcadère s'avançait dans la mer, auquel étaient amarrées des pirogues d'écorce détrempées par la houle. Des femmes en sari s'y pressaient pour hisser des paniers d'algues rouges. Un groupe d'adolescents était assis au bord du ponton, les pieds ballants au-dessus de l'eau. Un peu plus loin, sur la plage, un vieillard et un enfant disputaient une partie de dominos. Deux femmes passèrent devant eux, des guirlandes de jasmin nouées dans leurs cheveux.

Parmi la foule, elle reconnut sa silhouette. Talal était debout sur le quai, la main en visière pour mieux discerner le large. Il était là. Elle l'avait retrouvé. Quand le bateau s'amarra au ponton, un immense sourire illumina son visage, et son sourire était le même qu'à Aqaba, Monrovia ou Casablanca – chaque fois, le même vertige, la même accélération du cœur. Elle sauta à bas du bateau et se précipita vers ses bras, et ils s'embrassèrent au milieu des couleurs des saris, dans le lent balancement aquatique du ponton.

Ils partirent ensemble vers la plage, longeant d'abord le village de Malenge et ses cases en bois ouvertes sur l'océan. Leurs épaules se frôlaient, cherchaient à se frôler en permanence, à garder ce contact entre leurs corps, un contact de plus que l'étreinte de leurs mains.

— Les Tanzaniens de Dar es Salam chantent le hip-hop en swahili, annonça Liouba.

— Les Libyens de Tripoli jouent du oud avec un tempo de reggae, poursuivit Talal.

Ils se regardèrent en éclatant de rire. Telles étaient les nouvelles du monde. Tous les pays de la Terre semblaient être liés par un métissage éternel.

Sur le pas des maisons, des femmes tissaient l'ikat, croisant un à un des fils aux couleurs de l'indigo. Des lessives séchaient sur les rambardes en bois. Des vieillards aux cheveux blancs, aux lèvres rouges du bétel qu'ils mâchaient, les regardaient passer. Leurs sourires révélaient des bouches édentées. Partout autour d'eux, c'était le bruit mat des pilons décortiquant le riz, et le vague bruissement des conversations en bahasa ou en bajau, autant de mots qu'ils entendaient sans les comprendre. Ils demeuraient à l'écoute, dans un état d'éveil et de surprise permanente.

— Que devient Bahati Simango ? demanda Talal.

— Il voyage à travers le ciel sans quitter la terre, dit Liouba.

Ils remontèrent en direction de l'est, vers le front végétal qui s'enracinait dans le sable, cocotiers et palétuviers mêlés ensemble dans un vaste dégradé de vert. À la lisière de la jungle, là où la plage disparaissait sous la frondaison des palmiers et des frangipaniers, ils virent cinq habitations de bois tressé sous des toits de chaume et, derrière elles, l'orée d'un potager à l'ombre des bananiers.

— C'est le Suaka, expliqua-t-il. C'est un mot qui signifie sanctuaire en bahasa. Un vrai havre de paix, bercé par la forêt.

— C'est magnifique, s'émerveilla-t-elle.

— Je vais te présenter Sahad Sahanaya, et sa femme, Shruti.

Un vieil homme en sarong semblait les attendre dans l'ombrage d'un arbre à pluie. Son visage tanné, ridé, s'éclairait d'épais sourcils blancs et broussailleux. Derrière lui, une femme approchait, les bras chargés de noix d'arec et de feuilles de bétel. Elle portait un chapeau en paille tressée.

Shruti Sahanaya avait dressé pour eux une table sous une tonnelle de bambou. Le vent de la mer les enveloppait dans un courant d'air tiède, qui s'opposait au souffle humide des forêts intérieures. Ils dégustaient un plat de *nasi goreng* que Sahad avait cuisiné, du riz frit lié à l'œuf et du poisson assaisonné au tamarin. À leurs pieds, un chat semblait danser avec le sable, ébouriffé par le vent, grands yeux verts de la couleur de la mer. Leurs hôtes les avaient rejoints pour partager un café, issu directement des plantations de leur jardin. Ils discutaient dans un anglais nonchalant, aux accents de bahasa.

— Nous avons construit cet hôtel il y a plus de vingt ans, raconta Sahad, à l'issue d'une longue carrière dans la médecine. Des années à cartographier la malaria à travers toute l'Indonésie. Mais nous sommes tous les deux nés ici, sur cette île. Y prendre notre retraite semblait être une évidence.

— La construction a duré presque cinq années, précisa Shruti. Au gré des marées et des moussons. Le bois tissé provient des bambous et des arbres de teck de la forêt. Le chaume des toits est fait d'alang-alang. Le Suaka a littéralement pris ses racines dans la jungle.

— Quand on naît ici, poursuivit Sahad, on ne pense jamais à la menace des volcans voisins. Ils sont des centaines, encore, à être actifs. Le Krakatoa. Le Tambora. Si lointains, si proches. On ne pense pas à la faille sismique qui court juste sous nos pieds. On ne pense pas non plus à la prophétie des anciens, qui dit qu'une vague immense viendra un jour engloutir l'île entière. On vit ici. Seul compte le jour à venir.

— On attend les rares voyageurs, dit Shruti, qui se fraient un chemin jusqu'à notre île. Ici, ce n'est pas Bali, Lombok ou Bornéo. On est seuls au monde. On passe plus de temps à chasser les serpents et à balayer le sable qu'à cuisiner le *nasi goreng* pour nos hôtes.

La vieille femme marqua un temps de silence. Liouba pensait à Dalir Khair, le veilleur de l'auberge où elle avait dormi à Aqaba. Son premier reportage. Le premier franchissement des frontières éloignées. Après toutes ces années, cet homme restait dans sa mémoire. Elle l'imaginait attendre encore ceux qui ne seraient que de passage, et leur offrir un toit, un lieu d'hospitalité au bout du monde.

— En vérité, nous cherchons à vendre le Suaka, reprit Sahad.

— Nous sommes vraiment devenus trop vieux, compléta Shruti.

— Je rêve simplement de quitter la plage et de m'installer dans la forêt profonde. Pêcher sous les nénuphars dans les rivières intérieures. Avec une canne en bambou. Ou ne rien faire du tout.

— À notre âge, soupira son épouse, il serait temps, surtout, de ne rien faire du tout.

Le beau visage ridé de Shruti s'éclaira d'un sourire mélancolique. À l'horizon passait une pirogue, qui se dirigeait vers le large.

Après le déjeuner, Talal fit découvrir à Liouba la petite habitation où il avait posé sa valise quelques jours avant elle. Les volets de bois étaient tirés devant les baies vitrées. Talal les ouvrit sur la jungle, et une lumière végétale inonda toute la pièce. Face aux fenêtres, deux banquettes encadraient une table basse. Le sol était en bois, lui aussi, et en se déchaussant, Liouba sentit la chaleur, âpre et douce à la fois, qui en émanait. Vu de l'intérieur, le toit de chaume formait comme une pyramide lancée à l'assaut du ciel. Des étoffes en ikat étaient étendues de part et d'autre du lit, qui se composait d'un matelas rehaussé sur une planche en bois de bambou, et s'abritait d'un voilage vaporeux, animé par le vent. La maisonnette se prolongeait, derrière un panneau coulissant, d'une petite salle de bains, ouverte directement sur la jungle. Un miroir suspendu y reflétait toutes les nuances de vert du monde extérieur.

— Nous n'aurions jamais pu rêver d'un tel paradis, dit Talal.

— S'il n'avait pas été là, compléta Liouba, juste sous nos yeux.

Elle se glissa vers lui et se suspendit à son cou pour l'embrasser. Puis elle s'allongea sur le lit dans la lumière de la forêt, avec un sourire espiègle qui invitait Talal à la rejoindre.

Le lendemain matin, ils se rendirent avec Sahad au village de Papan pour y acheter du poisson. C'était un village flottant, isolé sur un récif de corail à plusieurs kilomètres de la côte. Dans ses petites maisons de bois, perchées sur pilotis, vivaient les Bajau, qui étaient venus de la mer, sur des pirogues, et s'étaient arrimés, près d'un demi-siècle auparavant, au premier rivage qui les avait reçus.

Papan se rejoignait par un pont de bois qui traversait la mer depuis l'extrémité sud du village de Kadoda. En s'engageant sur le pont, ils virent venir à contresens les minuscules silhouettes d'un groupe d'enfants bajau. Ils étaient pieds nus, vêtus d'uniformes blancs, éblouissants dans la lumière du jour levant. Ils marchaient les uns derrière les autres, des cartables accrochés à leurs dos. Les filles portaient un foulard blanc sur leurs cheveux.

— Ils font chaque jour le trajet entre Papan et Kadoda pour se rendre à l'unique école de l'île, expliqua Sahad. Ils y apprennent l'anglais, s'ouvrent un avenir différent, qui les mènera peut-être à l'écart de l'île. Parfois, le pont s'affaisse totalement à force d'être battu par les flots. En attendant qu'il soit reconstruit, ils vont à l'école en pirogue. Ils savent naviguer dès l'âge de quatre ans.

Les enfants les dépassèrent en sautillant tout autour d'eux, leur adressant des signes de la main et des mots de bajau, puis s'éloignèrent en direction de la terre ferme. Un jeune garçon s'attarda à l'arrière du groupe. Il marchait à reculons, sans quitter des yeux ces étrangers qui allaient à présent vers son village. Et, dans un état d'indécision entre la crainte et la curiosité, il leva maladroitement sa toute petite main comme pour les ramener vers lui.

Le pont déroulait son infini serpentin dans la tiédeur du soleil. Partout, autour d'eux, c'était la couleur vert amande du lagon et la transparence de l'eau, assombrie, çà et là, de roches à demi émergées, parfois nues, parfois recouvertes de végétation. Les collines des îles environnantes, Taoleh, vers l'est, et Talatakoh, au sud, se discernaient sur l'horizon nappé de brume. Ils progressaient lentement, attentifs aux planches démises du ponton qui craquaient sous leurs pas. Aux abords du village, ils virent une mosquée solitaire sur un îlot corallien.

Ils atteignirent enfin Papan et le dédale des passerelles qui reliaient ses maisons. Autour d'eux, les habitants du village se livraient à leurs occupations matinales. Une femme, en équilibre sur le barreau d'une échelle plongeant dans la mer, lavait ses ustensiles de cuisine. Un jeune garçon disposait des poissons séchés sur un ponton. Un autre, plus jeune encore, cinq ou six ans peut-être, était assis en contrebas dans une pirogue à moitié engloutie, dont les contours se devinaient sous la surface de l'eau. Des femmes sortaient des maisons, aux murs tissés de bambou et aux toits de chaume, pour suspendre du linge à des cordes tendues entre deux bâtons. Partout, autour du village, des pirogues s'éloignaient vers le large, hommes à genoux à leurs proues, une rame à la main.

Un jeune pêcheur passa devant eux, portant à dos nu une carangue aussi grande que lui. Ses cheveux étaient noirs, ruisselaient encore de l'eau de mer qu'il avait quittée quelques minutes auparavant. Sa peau avait la couleur du bois qui, partout, saturait le paysage. Il s'arrêta en reconnaissant Sahad, salua les visiteurs, sans faiblir sous le poids du poisson aux branchies encore palpitantes.

— Voici Dafrin Batusura, dit Sahad à ses hôtes. Il habite avec sa femme, Madhubala, au bout du deuxième ponton que vous voyez là-bas. Je l'ai connu quand il était encore tout petit. À l'âge de quatre ans, il savait déjà plonger en apnée dans le lagon. À six ans, il avait attrapé son premier poisson.

Sahad s'adressa en bajau à Dafrin, qui éclata de rire. Il semblait lui remémorer les prouesses de son enfance, et le jeune pêcheur s'en dédouanait modestement en secouant la tête.

— Que pêche-t-il, ici ? demanda Talal.

— La pieuvre, le mérou, à plusieurs dizaines de mètres de profondeur. L'holothurie, la nuit. Il nage dans le noir complet avec une lampe en tirant sa pirogue derrière lui. Il pêche au harpon, principalement, une tige de bambou hérissée de dents. Le succès de ses pêches dépend entièrement de ses capacités d'apnée. Il vit en symbiose avec l'écosystème marin.

Ils s'engagèrent tous les trois à la suite du pêcheur, sur les pontons de bois humides qui se dérobaient sous leurs pieds. Dafrin Batusura leur fit signe d'entrer dans sa maison tandis qu'il allongeait la carangue sur le ponton extérieur. L'habitation se composait de deux pièces, avec des bassines accrochées aux murs en planche, et des tissus en ikat posés sur le sol. Sa jeune épouse, Madhubala, apparut à l'arrière de la maison. Elle était vêtue d'un sari de couleur pourpre, les cheveux noués d'une sorte de turban en dentelle. Elle leur sourit et échangea quelques mots en bajau avec Sahad, qui négociait la transaction de plusieurs paniers de poissons séchés, conservés à l'extérieur de la maison.

Ils quittèrent le couple de pêcheurs et repartirent vers la sortie du village. Un très vieil homme s'était assis sur le ponton. Il mastiquait du bétel, le regard abîmé dans la houle qui claquait sous ses pieds.

— Et voici Bayu Ambotang, annonça Sahad. C'est le doyen du village. Il est né sur un bateau, à l'image de ces générations de Bajau qui ont parcouru les océans d'Indonésie, de Malaisie et des Philippines pendant plus de mille ans. Il a connu ce que c'était que de vivre en mer, sans toucher terre, parfois, pendant des mois entiers.

— L'océan est finalement le seul désert de la Terre, remarqua Liouba.

— Le seul vrai désert, approuva Sahad. Où les dunes sont aquatiques. Et les bateaux, des oasis.

— Comment Bayu vit-il cette transition, de la mer à la terre ? demanda Talal.

— Il regrette surtout le fait que les jeunes générations perdent progressivement leurs extraordinaires capacités physiques, qui permettaient jadis aux Bajau de demeurer sous la surface de l'eau, sans respirer, pendant plus d'une dizaine de minutes. Leurs corps s'étaient génétiquement modifiés pour s'adapter à leur environnement. Une rate plus développée, un diaphragme qui s'étire et qui agrandit l'espace de la cage thoracique. Aujourd'hui, ils doivent entièrement reconfigurer leur relation à l'océan. Ils continuent à être portés par lui, mais la télévision et le téléphone portable les relient désormais au monde. Bien qu'il n'y ait pas de réseau électrique, à Papan, les familles sont pour la plupart dotées d'un générateur qu'elles mettent en marche le soir. Leur vie n'a plus rien en commun avec celle de leurs ancêtres.

Ils laissèrent le vieil homme à sa contemplation mutique. Son silence semblait être le témoin de mondes intérieurs plus vastes.

Ils retrouvèrent le pont aquatique à l'heure du zénith. Ils marchaient lentement vers Kadoda, alourdis par les paniers de poissons qu'ils portaient à bout de bras. Talal semblait songeur.

— Alors toutes ces années d'exil, de départs perpétuels, pourquoi ? interrogea-t-il.

— De qui parles-tu ? dit Liouba. Des Bajau ? Ou de nous ?

— Je parle de toi et moi, répondit-il.

— Parce que nos racines s'étaient suffisamment estompées pour que rien ne nous retienne à l'endroit où nous habitions. Parce qu'il y avait des lieux qui nous appelaient, toujours. Quelque chose nous poussait à aller vers eux. Peut-être que nous avions ce désir de trouver, quelque part sur la planète, un nouvel endroit où nous aurions pu vivre.

Talal resta silencieux. Sous ses pieds, il discernait la couleur de la mer entre les planches disjointes.

— À l'époque, reprit-elle, j'étais convaincue qu'il existait un lieu qui serait fait pour moi. Mais je pense aujourd'hui que je me trompais. Qu'un tel lieu n'existe pas.

— Ou bien peut-être, dit-il, qu'il se trouve juste ici, sur cette île. Et qu'on n'a fait qu'aller vers lui. Sans le savoir. Toutes ces années.

Le pont continuait, droit devant eux, vers la frange des palmiers de Kadoda. La plage était déserte. C'était le silence de l'île éternelle, sanctuaire des nomades cherchant leur voie. Le dernier abri du monde.

La maison était ouverte sur le front de la jungle. Écrin feutré de bois. Baigné dans la pénombre végétale. Et leur premier contact, au lever, était la douceur rugueuse du plancher sous leurs pieds.

Elle dessinait, le matin, sur la table basse en bois, assise en tailleur sur le sol. Elle avait emporté ses crayons, ses pastels et ses craies, soigneusement empaquetés dans sa valise comme des trésors. Elle restait longtemps absorbée par sa création, les mains tachées de couleurs, et le visage aussi, lorsqu'elle repoussait une mèche de cheveux venue s'égarer devant ses yeux, et que son doigt imprimait son empreinte sur sa joue ou sur son nez. Bariolée aux couleurs du paysage qu'elle cherchait à retranscrire, et dans lequel elle aurait pu se fondre, se camoufler, comme un élément même du décor.

Il s'asseyait face à la mer pendant des heures entières. Le visage abandonné au soleil d'équateur, qui ne laissait aux ombres que la plus petite part. Il retrouvait quelque chose, ici, de l'île de son enfance. Il y avait quelque chose de toutes les îles, ici, leur isolement, leur indolence, leur insolence – solaire. Il lui semblait entendre, quand il prêtait l'oreille, les pulsations des volcans frémissants et des plaques tectoniques s'éloignant le long des failles.

Au crépuscule, ils regardaient le soleil se coucher sur l'océan. Des tortues caouannes nageaient aux abords de la plage, petites taches de rouge sur le bleu presque noir des flots. Il s'asseyait sur le sable avec son appareil photo. Elle marchait lentement, gracieusement, vers les vagues. Il la regardait. Ses jambes étaient nues sous le drap enroulé autour de son corps. Elle se libérait du drap qu'elle laissait flotter un instant derrière elle avant de l'abandonner au courant d'air, et le courant d'air l'emportait avec lui et le déposait sur le sable. Elle continuait sa marche vers l'océan. Le premier contact de l'eau la faisait reprendre son souffle, profondément, le temps d'habituer son corps à la température des flots. Dans son menton levé, tourné vers le large, il y avait comme un défi lancé à l'infini. Elle plongeait alors, disparaissait un instant sous la surface de la mer, et, quand elle réapparaissait, rien ne distinguait vraiment son corps illuminé à la lisière des vagues de celui des tortues qui nageaient autour d'elle. Elle nageait, et s'éloignait lentement du rivage.

Ils faisaient l'amour, à la nuit tombée, dans la chambre traversée par l'air rafraîchi. Les nuits sur l'île avaient la douceur d'un monde qui n'existait que dans le silence du sommeil des hommes et le murmure des animaux nocturnes. Ils s'endormaient à la frontière de la jungle, sous les badamiers, les figuiers et les kapokiers. Leurs rêves étaient bercés par les vagues et les souvenirs d'un jour de lumière.

Ils étaient sur l'île depuis trois semaines, et ils avaient déjà le sentiment d'y avoir toujours vécu. Ils avaient enregistré, par-dessus les souvenirs de leurs vies antérieures, un nouveau système d'existence, qui leur semblait aussi naturel que s'il avait toujours été le leur. Mais une fêlure perdurait dans leurs esprits. Une faille ouverte sur le monde dont ils s'étaient écartés, temporairement, et qui continuait pourtant à exister, lointain et flou, mais bien réel. Il leur revenait dans le creux d'une phrase ou d'une pensée fugace, qui les traversait et les faisait se souvenir de leurs identités véritables, celles qu'ils avaient voulu fuir mais qui les rattrapaient toujours. Infinie persistance de la mémoire. Ils étaient pourtant devenus maîtres, depuis peu, dans l'art de chasser ces ressassements, de les ignorer dès leur naissance, de transpercer mentalement leur fine paroi savonneuse et de les laisser éclater dans leurs esprits avant même qu'ils n'aient eu le temps de prendre une forme plus définie. Rien ne devait prendre le pas sur l'instant présent.

Mais certaines pensées n'avaient pas cette couleur pâle et translucide. Elles naissaient avec une teinte plus sombre, une paroi plus solide, et ces pensées-là ne pouvaient pas être démises par un simple effort cérébral. C'était le bruit des bombes et des armes qui hantait leurs nuits, des réveils en sursaut dans la moiteur de la jungle, des moments de noirceur au cœur des jours sans fin, lorsqu'ils étaient livrés encore à leurs démons. Colère vive ou tristesse soudaine, des angoisses intarissables qui les projetaient, encore, dans la spirale d'un traumatisme qu'ils n'avaient pas su s'avouer.

C'était au cours de l'une de ces journées qu'ils avaient décidé de partir explorer la forêt, pour ancrer leurs esprits dans la sécurité de son sanctuaire. Ils partirent tous les deux en début d'après-midi. En remontant le sentier qui s'ouvrait derrière le Suaka, ils accédèrent à la colline amarrée à la plage. À l'abri des grands arbres, des villageois, venus de Malenge ou de Kadoda, coupaient la paille de riz et travaillaient sur des parcelles de maïs. Plus loin, des hommes récoltaient des noix de coco en grimpant pieds nus le long des troncs. Ils avaient le front ceint d'un turban et portaient le *parang*, long couteau ceinturé dans leur dos. Ils virent passer un patriarche, torse nu, moustache blanche, qui poussait devant lui un troupeau de buffles d'eau. Le pas lourd des animaux martelait la terre et faisait vibrer les feuillages tout autour d'eux. Dans les profondeurs de la forêt, qui existait encore à l'état primaire, ils découvraient des essences qui ne croissaient pas sur le front de mer. Des padouks aux racines deux fois plus hautes qu'eux. Des gurjans aux troncs gris qui s'élançaient vers le ciel. Au-delà de la frange tendre des cocotiers s'étendait l'infinie possibilité d'un monde encore à découvrir.

— Je voulais te parler de quelque chose, dit Talal.

Il avait la même expression que sur le ponton, le jour où ils étaient revenus de leur première visite au village bajau.

— Tu sais que Sahad, reprit-il, souhaite vendre le Suaka. Je réfléchis à l'idée de le racheter, avec l'argent de la maison de mon grand-père. De m'installer ici, avec toi. Brûler tous les ponts. M'enfuir définitivement, ou plutôt, arrêter de fuir. Rester, enfin, dans un lieu qui serait le nôtre. Un lieu à toi et moi.

Liouba s'était attendue à cette idée, à cette proposition. Elle le connaissait suffisamment bien, à présent, pour savoir déceler en lui l'esquisse d'une décision essentielle.

— Je ne suis pas sûre, dit-elle, d'être capable de m'adapter à cette existence.

— Pourtant c'est peut-être ça, la vraie vie. Vivre seulement du jour qui vient. Cultiver et pêcher sa nourriture. Vivre sans se projeter sans cesse vers d'autres lieux.

— Alors pourquoi nos cœurs se morcellent-ils parfois, demanda-t-elle, ou plutôt se chargent-ils d'un désir qui cherche quelque chose de plus ou quelque chose d'autre ? Qu'est-ce qui a créé, pour nous, ce morcellement, pendant toutes ces années ? Pourquoi était-il si difficile d'y échapper ?

— Peut-être que l'exil nous habitait sans qu'on l'ait réellement choisi. Peut-être que la plupart d'entre nous ne se permettent pas l'immobilité. On en ressent parfois le besoin, mais on se dit que ça passera. On résiste. On souffre. On continue à mener nos vies, tambour battant, comme des effrénés. Comme si c'était la seule voie possible. Mais parfois, ça ne passe pas. Parfois, le rêve d'une autre vie est si tenace qu'il prend le pas sur l'existence réelle.

— Et que fait-on, dans ces cas-là ? poursuivit-elle.

— On franchit le cap.

— On renonce à rêver toujours d'un autre pays lointain, comme un secret gardé au fond de soi ? On renonce définitivement à saisir ce que le monde nous donne, l'infini de ses possibilités ?

— Au contraire. On comprend enfin ce qu'est sa véritable offrande.

Ils s'arrêtèrent un moment pour se désaltérer d'un jus de mangue. Son goût poivré se mêla, sur leurs lèvres, à la saveur salée de l'océan, invisible et pourtant présent, partout, tout autour d'eux.

— Peut-être qu'il en a toujours été ainsi, continua-t-il. Depuis l'origine, des peuples entiers ont vécu à l'écart d'une agitation superflue. Des philosophes se sont retirés du monde. Des explorateurs ont quitté leurs bateaux pour ne jamais y revenir.

— Toujours ce vieux rêve de thébaïde. D'un lieu isolé et sauvage. D'une vie sobre, calme. Solitaire. Mais peut-être que cela ne fonctionne pas. Sauf dans les livres.

— Sauf dans les livres.

Ils marquèrent un temps de silence. Dans les branches, au-dessus d'eux, un paradisier lissait ses plumes d'émeraude dans le miroitement du soleil.

— Je ne peux pas imaginer, reprit Liouba, que la Tanzanie ait pu être mon dernier reportage. Tu crois qu'il est possible de renoncer au voyage quand on l'a habité si longtemps ?

— Nous avons autre part où habiter, maintenant.

Puis ils s'étaient tus. Liouba avait marqué un arrêt au milieu de la forêt pour arracher une pause à leur rythme essoufflé. Elle avait cessé de regarder la piste pendant un instant, levé son regard vers la canopée et oublié de le ramener sur terre. Quand elle était revenue à elle-même après sa rêverie, Talal avait disparu. Il n'était plus là, devant elle, à se frayer une piste parmi les racines entremêlées et les ronces sauvages. Il s'était volatilisé, englouti par la jungle mouvante et vorace. Elle s'était assise alors sur une souche, le visage entre ses mains, et l'avait attendu, en silence, à l'endroit même où il avait disparu. Il avait fini par émerger de nouveau de la jungle.

— J'avais cru apercevoir un tarsier, observa-t-il seulement.

C'était l'un de ces primates aux grands yeux humides, rares et furtifs, qui se manifestaient parfois entre les arbres. Liouba leva vers lui un regard triste.

— J'ai peur, dit-elle, de l'immobilité définitive. J'ai peur de rester.

— J'ai peur aussi, répondit-il, de renoncer aux voyages, aux reportages. De manquer à la quête que je m'étais assignée. Donner un visage aux réfugiés, dire quelque chose de leur histoire. Documenter les zones de guerre pour qu'elles ne soient pas oubliées. Mais je m'interroge aujourd'hui sur le sens de cette fuite. Sur le sens de ce combat. Je ne suis plus sûr d'être encore capable de le mener. Peut-être que j'ai fait ma part.

— L'inachèvement. Pourrait-on vivre avec lui ? Sans regretter, jamais, ce que l'on aurait quitté ?

Il s'approcha d'elle et l'enlaça avec tendresse. En enfouissant son visage dans ses cheveux, il y sentit l'odeur de la forêt.

Ils s'étaient remis en marche, mais, occupés par leurs pensées, ils avaient manqué un embranchement et s'étaient écartés du trajet initial. Lorsqu'ils s'en étaient rendu compte, il était trop tard pour retourner sur leurs pas, ne sachant dans quelle direction ni jusqu'à quel point le faire. La luminosité baissait inexorablement : c'était la nuit déjà qui se préparait, qui annonçait ses conditions, amenant l'obscurité sur la forêt et l'inquiétude dans leurs cœurs. Car il était évident désormais qu'ils étaient perdus. Seuls dans les montagnes de l'intérieur que nul homme, peut-être, n'avait jamais foulées.

La nuit n'était plus une hypothèse, une menace suspendue qu'ils essayaient de dissiper en accélérant leur allure, mais une évidence à présent, et les couleurs de la forêt s'étaient modifiées, évacuant toute nuance de vert au profit d'un bleu des profondeurs emprunté à l'océan, peut-être, qui faisait taire les oiseaux et les singes. Ils furent bientôt contraints de s'arrêter. Talal serra Liouba dans ses bras, au milieu des arbres noirs dressés tout autour d'eux, et elle se blottit de toutes ses forces contre son torse.

Ils trouvèrent refuge à l'intérieur de la souche creuse d'un kapokier, et demeurèrent longtemps immobiles, pressés l'un contre l'autre entre les racines de l'arbre ancestral. La chaleur étouffante de la jungle avait laissé place à l'air rafraîchi de la nuit, et ils comprirent que leur seule chaleur corporelle ne suffirait pas à les réchauffer. Ils entreprirent alors de préparer un feu, à la lueur des dernières minutes de batterie de leurs téléphones, prélevant sur les arbres alentour quelques branches basses, découpant dans la végétation quelques tiges de ronce, et ils déposèrent leur récolte sur un lit de pierres face à l'entrée de la souche. Talal exhuma un briquet de son sac à dos, et les premières étincelles jaillirent dans la nuit, comme des étoiles descendues sur la Terre. Quand le feu prit enfin, d'abord prudent et vacillant, puis un peu plus fort, ses flammes infusèrent l'intérieur de la souche de chaleur et de lumière, la transformant en cabane, en chaumière, en foyer. Amplifiée par la nuit, l'odeur de la forêt flottait au-dessus de leur camp de fortune comme une muraille sensorielle. En guise de dîner, ils partagèrent quelques fruits qu'ils avaient cueillis au cours de leur marche, des nangkas et des buah nagas, des belimbings et des sirsaks, se faisant mordre l'un et l'autre dans les quartiers de ceux qu'ils avaient décortiqués, se faisant deviner leurs noms étonnants et éclatant de rire à chacune de leurs grimaces perplexes ou exagérément ravies.

À cet instant précis, il leur semblait qu'il était vraiment possible d'habiter cette île et de ne plus la quitter. Qu'ils étaient voués à y rester, à s'y installer, et à y vivre de fruits crus et de nuits forestières infinies. À cette idée, à cet effleurement de la pensée qui les traversa au même moment, un sentiment puissant d'euphorie et de plénitude les projeta l'un vers l'autre. Ils firent l'amour à genoux dans la terre humide, à l'abri de la souche millénaire. Ils entendaient souffler le vent et frémir la forêt, et ils étaient un peu de ce vent, et ils étaient un peu de cette forêt.

Lorsqu'ils sortirent prendre l'air à l'extérieur de la souche après l'amour, quelque chose avait changé dans le paysage. Le ciel semblait plus clair au-dessus des arbres, moucheté d'étoiles à travers les branchages. Mais le halo qui baignait la jungle ne tenait pas à cette clarté céleste, et ils prirent soudain conscience qu'il émanait du sol et des arbres eux-mêmes. Tout près d'eux et à perte de vue, des lueurs microscopiques étaient apparues, et la forêt tout entière brillait à présent. La lumière était mouvante, elle se déplaçait avec le vent, comme une marée, lente et puissante, sensuelle, aquatique.

— Qu'est-ce que c'est ? chuchota-t-il.

— Des lucioles, souffla-t-elle.

Les lucioles avaient pris possession des lieux, par centaines, par milliers, elles s'étaient éveillées avec la nuit et elles irradiaient le sentier comme en plein jour. Partout autour d'eux, les arbres étaient nimbés d'éclat liquide, recouverts d'or. Et les lucioles tourbillonnaient comme un nuage de paillettes, léger, léger, mû par le souffle de la forêt.

Les vacances se prolongeaient dans l'indécision de l'avenir. Après plus d'un mois sur l'île, ils ne se résolvaient pas encore à revenir vers le monde, ni à le quitter définitivement.

Le souvenir de cette nuit passée à l'abri de la souche les habitait encore du sentiment qu'ils avaient eu d'appartenir à ce lieu. Ils continuaient à se répéter la même question, soir après soir, allongés côte à côte devant la maisonnette, les yeux levés vers les étoiles.

Le ciel nocturne, sur l'île, ne ressemblait à aucun autre. Les constellations de l'hémisphère Sud flottaient bien au-dessus de leurs têtes, dévalant les collines, se drapant dans un nuage, se baignant dans un reflet de mer, mais la lune quant à elle se comportait comme nulle part ailleurs dans le monde. Au lieu de se lever à l'ouest et de disparaître à l'est, elle semblait évoluer sur un axe presque entièrement vertical qui l'empêchait de traverser le ciel. Elle était là, toujours, au même endroit, dans sa distance et sa lumière, et ils la voyaient changer et croître selon son rythme propre. L'omniprésence de cette lune, qui semblait faite de sable, par solidarité de texture, peut-être, avec tout ce qui les entourait, leur donnait l'impression d'une distorsion, d'une légère modification de la réalité, qui, à elle seule, aurait pu suffire à inventer un autre monde, un univers parallèle au leur, un monde d'immobilité dans lequel la lune ne se déplacerait jamais. Et cette lune figée transformait peu à peu Liouba à son image. Un croissant s'était mis à grandir à l'intérieur de son corps. Quelque chose, en elle, continuait à se modifier. Était-ce seulement la lune, qui exerçait son influence sur ses humeurs, ou était-ce autre chose ? Une prédilection pour le mystère semblait s'être emparée de son esprit, une poussée de fièvre, l'éveil d'une présence avec laquelle elle restait seule, la nuit, dans la petite maison en bois, jusqu'à temps qu'elle comprenne qu'elle était simplement enceinte.

L'évidence s'était installée depuis plusieurs jours, à présent, et même si elle continuait à sonder son corps, en silence, étendue sur le matelas tandis que Talal dormait, elle savait déjà qu'elle n'était plus seule en elle-même et qu'elle vivait désormais, comme dédoublée, pour un autre cœur que le sien. Avertie par l'instinct immémorial de son corps, elle sentait s'ouvrir en elle un arrière-pays mental qu'il lui était possible de rejoindre pour penser, pour réfléchir et pour douter, pour assembler, en un seul lieu, cette vérité et cette énigme, ce rejet et ce désir, toutes ces forces contraires qui avaient pris possession de sa vie intérieure.

L'idée de la maternité l'avait déjà effleurée, bien sûr, à bercer les enfants de ses amis, à Paris ou ailleurs. Elle avait sans doute aussi rêvé de tout cela. Elle l'avait souhaité parce que c'était ce que le monde avait dessiné pour elle, parce que c'était ce que le monde semblait lui réserver de meilleur, parce que c'était l'apogée de l'existence d'une femme : avoir des enfants. Tout convergeait vers cette acmé. C'était l'essence de la vie. Il semblait ne pas y avoir de bonheur possible sans cela – ni même avant ou après cela.

Mais tandis que dans son ventre grandissait un petit être, le doute, sournois, avait fait son nid en même temps que l'embryon. Une voix s'était élevée en elle qui répétait, renchérissait, parlait si fort qu'elle n'entendait plus qu'elle, jour et nuit, à en avoir la nausée. Pourquoi faire un enfant, disait cette voix, alors qu'ils étaient résolus à lutter contre une existence toute tracée, imposée ? Pourquoi faire un enfant, alors qu'ils étaient déterminés à lutter contre l'absurdité de ce monde, à ne surtout pas le perpétuer sous la forme qu'ils lui connaissaient aujourd'hui ? Pourquoi faire un enfant, alors qu'ils étaient décidés à ne pas nuire davantage à la nature, à se faire oublier, à exister à l'écart, à réapprendre ce que leurs ancêtres avaient mis si peu de temps à effacer ? Pourquoi faire un enfant si c'était contre eux-mêmes qu'ils luttaient ?

Elle s'en était ouverte à Shruti Sahanaya, un matin, très tôt, juste après les nausées. Elle s'était glissée hors de la maison, alors que Talal dormait, pour rejoindre la vieille femme au potager. Shruti était en train de cueillir des haricots, courbée en deux vers les lignes de plantation qui déployaient leurs feuilles vertes, épaisses, opulentes. L'air était frais, sentait encore l'humidité de la terre au sortir de la nuit.

— Tu as l'air fatiguée, observa Shruti en la voyant approcher.

Liouba s'assit sur le sol à la hauteur de Shruti. Elle saisit un peu de terre rouge dans ses mains, la laissa glisser entre ses doigts.

— Je crois que je suis enceinte, souffla-t-elle.

Le visage de Shruti s'illumina d'une jubilation ravissante. Elle déposa la bassine de haricots sur le sol et saisit le visage de Liouba pour l'embrasser sur les deux joues.

— C'est merveilleux, s'écria-t-elle.

Liouba lui sourit pensivement. Le chat aux yeux verts fila devant elle. Il rebondissait dans les ombres des bananiers, et disparut sous leurs feuillages.

— Le problème, dit-elle à mi-voix, c'est que Talal souhaite rester ici. Longtemps. Ne jamais repartir, peut-être. Je ne suis pas certaine d'en être capable. Je ne suis pas certaine non plus de pouvoir fonder une famille dans cette incertitude que j'ai quant à l'avenir du monde.

— La perpétuation de notre espèce, dit Shruti d'un air solennel – voici ce qu'il y a de plus naturel, voici l'avenir du monde dont tu parles. De ce monde des enfants et des mères. De ce monde de recommencement. Des enfants devenus grands qui seront parents à leur tour. Sans que jamais ne change la course du soleil dans le ciel. Le jour et la nuit et la naissance et la mort.

La vieille femme continuait à exulter. Elle esquissait des petits pas de danse au milieu du jardin. Mille rides de bonheur s'entrecroisaient sur son front et ses pommettes. Elle s'éloigna des lignes de haricots pour aller cueillir une branche de jasmin. En revenant vers Liouba, elle glissa les fleurs dans ses cheveux.

— Nous ne dominerons plus jamais le monde, prédit la vieille femme, si nous restons à l'écoute de notre voix intérieure. Nous ferons corps avec la terre et avec les étoiles. Nous libérerons notre part animale. Nous oublierons nos peurs et nos vanités, nous oublierons de pleurer, la nuit, dans le noir, lorsque nous sommes seuls. Nous ne serons plus jamais seuls au monde, car nous serons toujours avec lui.

Liouba l'écoutait dans le silence du matin, tête baissée, dessinant du bout des doigts des cercles dans la terre rouge. Alors Shruti se rapprocha d'elle et effleura les fleurs de jasmin dans ses cheveux. Liouba frémit, leva la tête, chercha un appui dans le regard de la vieille femme. Elle avait besoin qu'elle le lui dise, elle avait besoin de l'entendre, elle avait besoin qu'elle l'exhorte à la foi et à l'espoir.

— Va vite, répondit Shruti à l'appel muet des yeux de Liouba. Va vite annoncer la nouvelle à Talal. L'arrivée d'un enfant est une bénédiction du ciel. Quand une grossesse est annoncée dans une famille bajau, le père remplit une pirogue de graines et l'envoie vers le large. La coutume dit que lorsque l'enfant naît, la pirogue revient chargée de fleurs.

Liouba imagina le frêle bateau en bois revenir vers le village de Papan, envahi d'un jardin luxuriant aux couleurs de l'océan. Puis elle repensa au Wadi Rum, qui fleurissait au printemps, dans une autre région de la Terre, à plusieurs milliers de kilomètres. Les paroles de Babak Majali, le vieux Bédouin qui plantait des arbres dans le désert, lui revinrent en mémoire. Nos déserts sont plus fertiles que vos villes.

Liouba remonta vers la maison. Talal l'attendait, encore ensommeillé, sur la terrasse en bois qui s'ouvrait sur la forêt. Accoudé à la rambarde, il regardait l'eau qui remontait particulièrement haut, ce matin-là. La plage située en contrebas du Suaka n'était plus qu'un étroit ruban de sable, et les embruns éclaboussaient les palmiers qui la bordaient.

— Ce matin, je t'emmène en mer, annonça Talal. Sahad nous prête son bateau.

Ils quittèrent le Suaka et descendirent vers le croissant de plage. La pirogue de Sahad était là, qui flottait au large, arrimée au seul rivage qu'elle ait jamais connu. Liouba ne pouvait détacher ses yeux de son mouvement. Elle comptait ses balancements, qui semblaient suivre les battements redoublés de son cœur.

Ils rejoignirent la pirogue à la nage avant de se hisser à son bord. Le soleil du matin réchauffa immédiatement leurs vêtements détrempés. Quand Talal se saisit des rames, Liouba crut éprouver un bref tiraillement. Comme si l'île désormais l'empêchait de quitter son rivage. Puis ils prirent la mer en direction du nord, le long des mangroves qui plongeaient leurs racines grises, polies par le temps, dans les profondeurs de l'eau.

— Talal, murmura Liouba.

Elle avait une voix tremblante qui le fit se retourner vers elle et déposer les rames sur le flanc de la pirogue. Elle semblait au bord du vertige.

— Je suis enceinte, dit-elle.

C'était la deuxième fois qu'elle prononçait cette phrase en quelques heures, et la répétition lui fit l'effet d'une certitude, d'une assertion. En silence, il prit sa main dans la sienne, comme abasourdi, puis il la serra tout entière contre lui, le corps tremblant d'émotion. Sous l'effet de la surprise et de la joie qui l'avaient transpercé d'une même flèche, il n'avait pas de mots.

— Tu es enceinte, répéta-t-il, et il la serra plus fort encore, embrassa son visage, fit glisser ses doigts dans ses cheveux.

La pirogue dérivait lentement au fil de l'eau. La lune était encore là, pâle, suspendue le long d'un fil invisible qui la faisait monter et descendre comme un funambule. Liouba fixa son regard sur l'île qu'ils étaient en train de contourner. Un sentiment nouveau s'était éveillé en elle. Un immense élan vital. Un désir assourdissant.

— Restons, proposa-t-elle quand il desserra l'étau de ses bras. Restons ici pour y élever notre famille.

Un grand vertige lui coupa le souffle. Plus rien n'était impossible. Ils se regardèrent longuement, et la mesure qu'ils prenaient était celle de l'avenir.

Il n'y avait rien d'autre à faire, à présent, que de fermer les yeux, laisser le vent ébouriffer leurs cheveux. Lâcher prise. S'abandonner aux confluents des courants marins qui, sans cesse, ramenaient la pirogue vers l'île. Derrière leurs paupières, une maison de bois tressé s'amarrait solidement au rivage de sable et de racines. Un sanctuaire. C'était cela, exactement. Et ils ouvrirent les yeux sur leur île comme au premier jour. Voilà ce qu'était leur monde, à présent. Voilà ce qu'était leur désir. Voilà ce qu'était leur vie. Entre l'océan et la forêt. Et, dans l'exil définitif, les fugitifs, enfin, cessèrent de fuir.

Derrière le Suaka s'ouvrait la forêt, et elle était profonde et dense comme la nuit infinie. C'était à la lisière, juste avant les ombres et les lianes, que Liouba aimait cueillir des plantes dont elle extrayait des couleurs pour ses dessins, maintenant que ses pastels et ses crayons s'étaient usés. Elle portait son ventre arrondi, à la fin du huitième mois de sa grossesse, une main posée, toujours, par habitude, au-devant de lui, comme un rempart, une protection déjà maternelle, instinctive. L'île était toujours la même, indolente dans sa langueur, douce dans sa paresse, et Liouba allait pieds nus dans le sable pour mieux en ressentir la chaleur, pour mieux faire corps avec cette terre qu'elle avait faite sienne et où elle avait mûri, à l'intérieur d'elle-même, pendant toutes ces semaines, ces longs mois étirés de plénitude et de confiance, l'enfant qu'elle portait de Talal et qu'elle mettrait au monde à l'abri de ce sanctuaire.

Car l'île était son royaume, à présent, et elle en connaissait les sentiers les plus fréquentés et les régions les plus éloignées. Malenge n'avait plus de mystères que Liouba n'avait su s'approprier, s'emparant d'eux comme de trésors qu'elle chérissait, apprenant à vivre avec et à les laisser intacts sans chercher à les résoudre. La couleur inouïe de certaines fleurs ou la course de la lune. Les constellations inconnues qui naviguaient dans le ciel. L'apparition de créatures, dans les profondeurs forestières, dont elle ne connaissait le nom ni dans sa langue ni dans celle de ses habitants. En retour, l'île n'exigeait rien d'elle et la laissait libre de la traverser, de l'arpenter, et de la peindre, aussi, dans ces heures les plus douces où rien n'existait plus que son papier à dessin et le paysage végétal qui s'offrait à ses yeux.

Liouba allait lentement, sans empressement, entre les ronces et les palmiers, à l'affût des plantes dont les pigments sauraient traduire toutes les nuances des couleurs qu'elle cherchait, l'indigotier pour le bleu et les racines de nono pour le rouge, les feuilles de jacquier et les tiges de berbérine pour le jaune. Rien n'avait changé, et c'était encore les mêmes arbustes, les mêmes buissons que les semaines précédentes, mais elle se penchait avec un empêchement plus évident, à présent, ne se mouvait plus avec autant de grâce. Son corps alourdi et sa fatigue lui donnaient l'impression de se déplacer dans un nuage permanent de coton, avec de légers vertiges, des engourdissements, parfois, qui l'incitaient à s'asseoir et à fermer les yeux.

Ce matin-là, à l'ombre d'un kapokier qui lançait haut vers le ciel ses branches épaisses et lourdes, c'est ce qu'elle fit. Les paupières closes, le souffle court, elle écouta le vent qui traversait la jungle, échouait à sa bordure, contré par l'air océanique qui lui opposait son courant jumeau, se mêlait à lui, se confondait avec lui, comme les deux profils d'un même visage. Une douleur était née au creux de ses reins – cela avait commencé par cette douleur, vive et intense, qui s'était estompée avant de se renouveler, et la douleur à présent venait par vagues, montait et descendait en elle comme une marée que nulle digue ne pouvait plus contenir.

Alors Liouba, malgré elle, laissa échapper un gémissement qui se transforma en cri, porté par le vent jusqu'au potager où Talal jardinait avec Shruti. Puis elle se recroquevilla dans le sable, entre les racines du grand arbre, les yeux rivés sur sa cime, et son feuillage capiteux se fondait avec les nuages, et rien n'existait plus que la douleur de ses reins et le tournoiement du ciel au-dessus d'elle.

Guidés par le redoublement de ses appels, Talal et la vieille femme s'étaient hâtés vers la forêt, et ils y trouvèrent Liouba repliée sur elle-même, les bras autour de son ventre. Talal s'agenouilla à ses côtés, lui saisit la main qu'il serra fort dans sa paume en lui embrassant le front. Le visage de Shruti rayonnait de la joie de celle qui avait accouché nombre de mères avant elle et qui s'émerveillait encore, à chaque naissance, du miracle de celle-ci.

Cela dura longtemps. Le soleil poursuivait sa course dans le ciel, vers son zénith, et la chaleur montait du sol, de la terre, des feuillages tout autour d'eux. Sur le visage de Liouba se mêlaient la sueur et les larmes. Elle s'accrochait à la main de Talal comme une ancre à un rivage qui s'éloignait davantage à chaque contraction. Quand le moment fut juste, Shruti souleva sa robe et l'exhorta à pousser. Puis, soudain, le premier cri de l'enfant se joignit au murmure du monde, et la vieille femme le recueillit dans ses bras.

— C'est une petite fille, dit Shruti.

Elle coupa le cordon ombilical et déposa l'enfant sur le sein de Liouba, qui pleurait et riait et serrait toujours la main de Talal très fort dans la sienne. Mais les contractions de Liouba reprirent aussitôt, et son visage se figea dans la douleur et la surprise. Talal, fou d'inquiétude, se tourna vers Shruti, mais celle-ci était occupée déjà à recevoir, entre ses mains, un second petit corps chaud et mouillé.

— Des jumeaux, dit Talal, les joues ruisselantes de larmes.

— C'est un petit garçon ! triompha Shruti.

Elle déposa cette fois le bébé entre les bras de Talal. Autour d'eux, le chuchotement de la forêt s'était amplifié, comme si l'étendue végétale saluait la naissance de ces vies minuscules et de tout ce qu'elles portaient, l'identité et la mémoire, l'héritage du passé et la promesse de l'avenir.

— Jaya et Aslam, murmura Liouba. Des prénoms d'ici, des prénoms de Malenge. Parce qu'ils seront à jamais nos enfants, et ceux de cette île.

Sur la poitrine de leur mère, le frère et la sœur ouvraient à présent leurs yeux pour la première fois, des yeux sombres qui attiraient la lumière et la rendaient plus vive encore. Et ils portaient déjà, dans leur regard, tout l'infini de la forêt et de l'océan, qui avaient présidé à leur venue au monde.

2040

Et tout recommencera. Jaya voyagera en sens inverse, et le voyage la ramènera vers l'île de son enfance. Le bateau ira lentement, trop lentement pour sa hâte, mais suffisamment pour son âme. Il lui laissera le temps de se souvenir d'un monde qui aurait pu être autre chose et qui n'avait été que cela, finalement, un monde de cendres et de regrets. Le temps de son voyage, Jaya imaginera un autre monde possible.

Les vagues iraient en sens inverse, très grandes et de plus en plus petites, jusqu'au lieu mystérieux de leur source au milieu des océans. Les îles émergeraient des flots et redeviendraient îles après avoir été abysses. Les glaciers se reformeraient sur les pôles et les montagnes, strate après strate, géants gelés éternels. Les neiges renaîtraient du sol avant d'être tombées des nuages. Les hivers succéderaient de nouveau aux étés. Les feux de forêts diminueraient jusqu'à n'être plus que brasille, étincelle, et bientôt plus rien dans le vert végétal. Les foules quitteraient les routes de l'exil et rentreraient chez elles, dans leurs villes au ciel encore clair et aux plages inchangées. Les couples heureux recommenceraient à se marier. Des enfants naîtraient de leurs unions et grandiraient jusqu'à devenir parents à leur tour. La dernière girafe se relèverait de son lit de poussière et s'abreuverait dans l'eau retrouvée. S'il était possible à l'humanité de revivre, elle changerait le monde.

Et la dernière image serait la première. L'île se rapprocherait au lieu de s'éloigner. Jaya descendrait du bateau au lieu d'y monter. Elle retrouverait, sur le rivage, la silhouette de son frère qu'elle n'aurait jamais quitté. Ou ce serait peut-être l'arrivée d'un autre bateau, dans un temps plus lointain encore, avec à son bord Liouba, et sur le quai, Talal. Les maisons de bois ouvertes sur la tranquillité de l'océan. Les tortues nageant autour des pilotis. Dans un temps lointain où tout pouvait encore changer.

Les vagues reflueraient vers l'horizon. Loin, loin – bientôt abolies dans la profondeur du ciel.

Table

Première partie – Le Désert 13

Deuxième partie – La Forêt 59

Troisième partie – La Nuit 103

Quatrième partie – L'Île 155

Composition et mise en pages
Nord Compo à Villeneuve-d'Ascq

MIXTE
Papier issu de sources responsables
FSC® C003309
FSC
www.fsc.org

L'éditeur de cet ouvrage s'engage dans une démarche de certification FSC® qui contribue à la préservation des forêts pour les générations futures.

Pour en savoir plus :
www.editis.com/engagement-rse/

CET OUVRAGE
A ÉTÉ ACHEVÉ D'IMPRIMER
SUR ROTO-PAGE
PAR L'IMPRIMERIE FLOCH
À MAYENNE EN AOÛT 2021

Dépôt légal : août 2021
N° d'édition : 62338/01 – N° d'impression : 98692
Imprimé en France